Anna et l'enfant-vieillard

De la même auteure

ROMANS

Le bonheur est passé par ici, Libre Expression, 2018.

Petite mort à Venise, Libre Expression, 2015.

Bonheur, es-tu là ?, Libre Expression, 2011 ; collection
« 10 sur 10 », 2014.

Cœur trouvé aux objets perdus, Libre Expression, 2009 ;
collection « 10 sur 10 », 2012.

Maudit que le bonheur coûte cher !, Libre Expression, 2007 ;
collection « 10 sur 10 », 2011.

Et si c'était ça, le bonheur ?, Libre Expression, 2005 ;
collection « 10 sur 10 », 2011.

RÉCIT

Ma mère est un flamant rose, Libre Expression, 2013.

RECUEILS DE CHRONIQUES

D'autres plaisirs partagés, Libre Expression, 2003.

Plaisirs partagés, Libre Expression, 2002.

JEUNESSE

Marion et le bout du bout du monde, illustré de 21 œuvres
de Marc-Aurèle de Foy Suzor-Coté, Publications du
Québec, 2008.

L'Enfant dans les arbres, d'après l'œuvre de Marc-Aurèle
Fortin, Éditeur officiel du Québec, 2002.

Mon père et moi, Éditions de la courte échelle, 1992.

Des graffiti à suivre... Éditions de la courte échelle, 1991.

THÉÂTRE

Le Dernier Quatuor d'un homme sourd, en collaboration avec
François Cervantes, Éditions Leméac, 1989.

Les Trois Grâces, Éditions Leméac, 1982.

NOUVELLES

« Madame Paquette, madame Tremblay », dans *Aimer,
encore et toujours*, Druide, 2016.

« *Un omicidio in la Serenissima* », dans *Crimes à la bibliothèque*,
Druide, 2015.

FRANCINE RUEL

ANNA ET L'ENFANT-VIEILLARD

Libre
Expression

Catalogage avant publication de Bibliothèque et Archives nationales du Québec et Bibliothèque et Archives Canada

Titre : Anna et l'enfant-vieillard / Francine Ruel.
Noms : Ruel, Francine, 1948- auteur.
Identifiants : Canadiana 20100022647 | ISBN 9782764813522
Classification : LCC PS8585.U49 A02 2010 | CDD C843/.54—dc23

Édition : Marie-Eve Gélinas
Révision et correction : Karen Dorion-Coupal et Julie Lalancette
Couverture : Clémence Beaudoin
Illustrations de la couverture et de l'intérieur : Maddia Esquerre
Mise en pages : Axel Pérez de León
Photo de l'auteure : Julien Faugère

Cet ouvrage est une œuvre de fiction ; toute ressemblance avec des personnes ou des faits réels n'est que pure coïncidence.

Remerciements
Nous remercions le Conseil des Arts du Canada et la Société de développement des entreprises culturelles du Québec (SODEC) du soutien accordé à notre programme de publication.
Gouvernement du Québec – Programme de crédit d'impôt pour l'édition de livres – gestion SODEC.

Les Éditions Libre Expression
Groupe Librex inc.
Une société de Québecor Média
4545, rue Frontenac
3ᵉ étage
Montréal (Québec) H2H 2R7
Tél. : 514 849-5259
www.edlibreexpression.com

Dépôt légal – Bibliothèque et Archives nationales du Québec et Bibliothèque et Archives Canada, 2019

ISBN : 978-2-7648-1352-2

Distribution au Canada
Messageries ADP inc.
2315, rue de la Province
Longueuil (Québec) J4G 1G4
Tél. : 450 640-1234
Sans frais : 1 800 771-3022
www.messageries-adp.com

Diffusion hors Canada
Interforum
Immeuble Paryseine
3, allée de la Seine
F-94854 Ivry-sur-Seine Cedex
Tél. : 33 (0)1 49 59 10 10
www.interforum.fr

À Maddia,
mon plus joli tremblement de cœur.

«Je ne mourrai pas : j'ai un fils.»

Proverbe arabe

«L'autre jour, j'ai vu quelqu'un qui te ressemble
Et la rue était comme une photo qui tremble
Si c'est toi qui passes, le jour où je me promène
Si c'est vraiment toi, je vois déjà la scène
Moi, je te regarde, et tu me regardes
Je voulais te dire que je t'attends
Et tant pis si je perds mon temps
Je t'attends, je t'attends tout le temps...»

Pierre Grosz / Michel Jonasz

— J'ai besoin de faire le deuil d'un enfant vivant. Et je ne sais pas comment faire ça.

C'est ce qu'Anna a répondu à la dame assise en face d'elle quand celle-ci lui a demandé pourquoi elle venait consulter.

Un enfant qui vient de mourir et qu'on doit laisser partir, à qui on doit faire des adieux définitifs ; le corps qu'on doit mettre en terre ou envoyer à l'incinération, pour repartir ensuite avec ses souvenirs et son immense chagrin à jamais tatoués sur le cœur... Ça, elle pouvait arriver à l'imaginer, même si ça lui semblait être la chose la plus difficile à accomplir pour un parent. Mais quitter un enfant vivant, même si c'est pour son bien, comment arrive-t-on à faire cela ?

Anna va à la pêche dans ses souvenirs. Au hasard. Elle attend sagement que quelque chose remonte à la surface. S'accrocher à n'importe quoi ! Pour comprendre. Elle a tellement erré dans cette forêt de pourquoi…

Ce n'est pas un geste qui se présente, ni certains mots qui surgissent du passé, encore moins une image saisissante ou rassurante. Ça ne goûte rien pour le moment, mais l'odeur s'infiltre dans son cerveau, se répand et prend tout l'espace. L'arôme très concentré est, à la limite, un peu écœurant. C'est sucré, collant. Mais c'est exactement ça. Le parfum de gomme balloune au raisin bleu. Son fils a senti la gomme balloune au raisin bleu toute l'année de ses dix ans. Si elle repense à cette époque, c'est ce qui lui vient en premier. Ça, cette odeur persistante, et les chansons – étaient-ce vraiment des chansons ? – de Kiss, puis celles de Guns N' Roses. C'étaient les deux groupes préférés d'Arnaud. Il les écoutait en boucle sur son baladeur, au lit pour s'endormir. L'appareil réglé en permanence à plein volume, le son parvenait même à Anna à travers la porte de sa chambre. Elle avait beau lui suggérer de baisser le son, lui prédire une surdité hâtive, rien n'y faisait. Guns N' Roses s'obstinait et hurlait à tue-tête dans ses oreilles de gamin. Anna n'arrivait pas à comprendre comment il réussissait à s'endormir avec ces cris de mort. Mais il y arrivait. Il existe toutes sortes de berceuses !

Une fois de plus, les voilà tous les deux revenus à la case départ; un peu à la manière du jeu où l'on trouve sur une planche serpents et échelles qui s'entrecroisent – un jeu qui les a occupés si souvent. Anna pense que les dés sont truqués. Elle a beau s'accrocher de toutes ses forces, elle glisse inexorablement. Elle fait rouler sur la surface les petits cubes oblitérés de points noirs, et le sort en est jeté. Alors qu'elle croyait atteindre une zone confortable, après avoir évité tant d'écueils, la voilà projetée vers le vide, vers le bas. Tout est à recommencer. Une fois de plus.

Cela faisait plus de cinq mois qu'il n'avait pas donné de nouvelles. Une espèce de statu quo. Un silence qui faisait du bien, en quelque sorte. Ne pas tout savoir, ne pas avoir à tout supporter. Vivre tranquillement, au jour le jour, sans coup d'ascenseur brusque qui fait perdre l'équilibre, sans montagnes russes qui tordent les boyaux à chaque détour et qui donnent envie de rendre l'âme. Un arrêt dans le temps. Une sortie de route sans danger, calme, dans une aire de repos ouatée, quelque part dans les limbes.

Elle prenait tranquillement son petit-déjeuner lorsque le téléphone a sonné. Machinalement, elle a décroché. Aucune réponse au bout du fil. Elle a eu beau dire à répétition le «Allô?» qui sert de sésame : silence radio. Elle a raccroché, croyant qu'il s'agissait d'une erreur. La sonnerie a retenti de nouveau et, encore là, aucune manifestation de l'appelant. Elle a pensé qu'il devait s'agir, une fois de plus, d'un de ces appels automatisés faits par une machine qui prend un temps fou à se mettre en marche pour nous annoncer un paiement en retard ou encore qu'on a gagné une croisière.

Trois tentatives plus tard en provenance d'un numéro toujours masqué, après les nombreux «Allô? Allô?» sans réponse, sa voix.

— Maman? C'est moi.

— ...

— Ça va? Moi... je... je suis à l'hôpital. Je dois sortir cet après-midi.

— ...

— J'ai encore eu une cellulite. Au pied, cette fois-ci. Ça a pris un temps fou à guérir.

— Ah bon ! Ça va mieux ? réussit elle à prononcer.

— Si on veut...

— Ça faisait longtemps que je n'avais pas eu de tes nouvelles.

— Je t'en donne, là. J'appelle pour te rassurer...

— C'est gentil.

— C'est la deuxième fois que je vais à l'hôpital depuis que je t'ai parlé. L'autre fois, c'était...

Un long silence entre eux. Un gouffre.

— J'ai fait une tentative de suicide.

Anna ne sait pas quoi répondre à ça. Avant, elle aurait hurlé dans le combiné comme une mère affolée, qui veut comprendre, qui veut des explications, quelles qu'elles soient. Elle l'aurait secoué, aurait tenté de le raisonner. Proposé des solutions. Plus maintenant.

Elle est trop fatiguée, elle n'a plus d'arguments, elle sait qu'elle ne peut plus le protéger de lui-même. Surtout, elle ne peut plus le sauver. Mais lui a besoin de s'adresser à elle... De la rassurer, comme il dit.

— Je... je me suis injecté de l'héroïne. Je voulais en finir.

Anna frémit. Jusque-là, à sa connaissance, il avait touché à l'héroïne, mais en la «sniffant» et non en l'introduisant dans ses veines.

— J'espérais que ce serait la bonne dose…

Elle s'en veut terriblement de cette pensée qui traverse son esprit, qui s'immisce en elle : *Meilleure chance la prochaine fois !*

Elle sait pertinemment que, si ce n'est pas le Fentanyl, ce sera la rue qui aura raison de lui.

Elle finit par lui demander si on lui a offert les soins nécessaires durant son séjour à l'hôpital.

— Oui.

— Est-ce qu'on t'a proposé un suivi à ta sortie ? — Oui.

— Est-ce que tu y es allé ?

— Non.

Anna tient une photo. On y voit Arnaud, la tête pleine de boucles souples renversée vers l'arrière. Abandonné. Le petit rit à gorge déployée. Comme ça, pour rien. Parce que la vie est simple et belle.

Parce que quelqu'un a dit quelque chose de drôle, parce que le chat a fait une cabriole, parce qu'un gros pet sonore vient de s'échapper de lui... parce que... ses yeux brillent de mille feux. Il a deux ans. Il respire le bonheur.

Et Anna rit, elle aussi.

On est maintenant à des années-lumière de cette image de ravissement.

Elle ne sait pas si un jour le rire reviendra tinter dans sa gorge.

Un deuil à faire. À ajouter à tous les autres déjà faits.

Une autre photo, un autre deuil, où il tient une grenouille dans le creux de sa main. Son trésor. Il a cinq ans. Il l'avait surnommée Déling… Allez savoir pourquoi. Déling a disparu un jour.

Lui aussi.

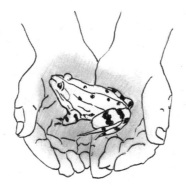

L orsqu'il partait chez son père pour le week-end, Arnaud s'inquiétait pour Anna. Fidèles à leurs habitudes, le père et le fils avaient établi au préalable un horaire très chargé de sorties, d'activités. Et sa mère? Qu'est-ce qu'elle allait faire pendant toute cette fin de semaine sans lui?

Au début, Anna avait déclaré qu'elle prendrait de longs bains chauds dans lesquels elle se laisserait bercer, un verre de vin dans une main et un livre dans l'autre. Et le reste du temps? Qu'allait-elle faire?

«Rien», avait-elle répondu, trop heureuse d'avoir quelques heures de liberté pour se reposer, flâner, «aaarien» faire, comme son fils avait l'habitude de dire.

Puis elle s'était rendu compte que ce repos tant désiré peinait Arnaud. Ce dernier avait l'impression qu'il abandonnait sa mère à son triste sort alors que lui... Ça se voyait sur son visage. Toutes les occupations auxquelles elle avait envie de s'adonner n'avaient rien d'intéressant aux yeux de son fils.

Elle le voyait au sortir de la voiture de son père, à son retour. Il était heureux, rieur, ravi de sa fin de semaine. Mais lorsqu'il franchissait la porte de la maison, il ne restait plus dans ses yeux aucune trace de cette joie. Il n'y avait que de la culpabilité.

Alors Anna, pour rassurer Arnaud, s'inventait chaque fin de semaine où il était chez son père des sorties auxquelles elle ne participerait absolument pas, se contentant de détente dans la baignoire, de séances en pyjama devant la télé ou de longs moments de lecture. Pieux mensonges.

Son fils retrouvait le sourire. Sa mère avait des fins de semaine bien remplies, même sans lui.

La tête d'Anna part en vrille une fois de plus. Elle est plongée dans le noir. Elle respire à peine, recroquevillée sur elle-même. Dans son cerveau, les idées se bousculent, toutes plus sombres les unes que les autres.

Depuis que son fils séjourne dans la rue, Anna a toujours froid.

Comment continuer d'exister quand on ne sait pas où est l'autre? Ni dans quelles conditions il vit, il survit? Sans savoir même s'il est toujours de ce monde?

Arnaud lui a répété à maintes reprises – lorsqu'il daignait lui faire signe – qu'il se débrouillait assez bien. «C'est pas si pire.»

Mais le pire, Anna l'entrevoit certaines nuits, ou le jour, lorsqu'elle baisse sa garde. Elle sait de quoi il est fait. Il s'infiltre en catimini dans les couloirs de son cerveau. Elle a beau tenter de l'éloigner, de le chasser, de le terrasser, rien n'y fait. Il est tenace, il a la dent longue et la langue fourchue. Le pire a compris comment faire mal à Anna, il sait quoi lui susurrer à l'oreille pour l'anéantir. Il s'installe à demeure et la tient éveillée jusqu'au matin. Ou encore il l'empêche d'accomplir quoi que ce soit dans sa journée. Il laisse échapper négligemment quelques questions qui resteront sans réponse. Anna se les repasse en boucle. Et le pire se faufile jusqu'à son cœur et s'agite dans ses entrailles. La douleur est la seule présence de l'absent.

— Au fait, c'est pas ta fête bientôt?
— Euh… C'est déjà passé.
— Ah bon! Ben, bonne fête en retard!

— Bonne fête des Mères!
— Euh… C'est pas maintenant, c'est dans deux, trois semaines, je crois.
— Bon, ben, bonne fête des Mères en avance!

C'est l'intention qui compte, non?

Anna le sait maintenant. Son fils est lent. Lent à réagir, lent à agir. Il a toujours fait les choses à sa manière, à son rythme. Il aime bien s'entortiller sur lui-même, ne pas bouger. Dormir. Dormir béatement jusqu'à avoir un peu de salive au coin de la bouche.

Elle se souvient de ce bord de mer où elle l'emmenait en vacances lorsqu'il était enfant. Un petit ami l'accompagnait quelquefois, ce qui laissait un peu de temps à Anna pour lire tout en jetant des regards aux « flos » qui construisaient des châteaux de sable.

Cette fois-là, il a à peine trois ans. Il ne porte pas de maillot. Ses fesses sont remplies de sable. Ils sont seuls sur la plage désertée par les autres familles qui louent des maisons aux alentours. Elle a délaissé sa lecture pour mieux observer son manège.

Il se tient assez loin des vagues. Il marche le long de l'eau. Il fait quelques pas, s'accroupit, observe scrupuleusement le sable. Il prend quelque chose dans ses mains, se redresse, fait à nouveau quelques pas et poursuit patiemment le rituel qu'il a commencé depuis un bon moment.

Anna s'approche de lui, intriguée. Elle découvre alors qu'il transporte dans ses mains un minuscule escargot.

— Il a un long chemin à faire. Si je l'aide, il va être moins fatigué.

Anna ne peut s'en empêcher :

— Comment tu sais que c'est par là qu'il s'en va ? lui demande-t-elle en indiquant la direction que prend leur marche.

Le regard qu'il lui lance ! Un regard appuyé que toutes les mamans du monde reconnaissent. Des yeux perçants, qui crient haut et fort leur incompréhension des choses de la vie, leur incompétence devant les gestes de leurs propres enfants.

— Je le sais que c'est par là qu'il s'en va !

C'était dit avec assurance et détermination. Il n'y avait pas de doute possible.

Elle l'a suivi à distance, en silence. Son fils a poursuivi le sauvetage de l'escargot ce jour-là.

Aujourd'hui, Anna pense que c'est lui, maintenant, l'escargot. Il transporte tout son univers dans son sac à dos.

Y a-t-il quelqu'un qui l'accompagne dans sa longue route ? Qui facilite son parcours ?

Est-ce qu'il sait seulement s'il prend la bonne direction ?

Anna ferme le téléviseur sur le météorologue qui semblait s'adresser directement à elle : « Cette nuit, il fera 40 sous zéro avec le facteur vent. Couvrez-vous bien », a-t-il ajouté. Elle se rend dans sa chambre, enfile son pyjama. Elle se recroqueville dans son lit. Elle remonte ses genoux sur sa poitrine, enroule ses bras autour de son corps pour freiner les frissons. Ses dents claquent dans sa bouche malgré l'énorme couette qui la recouvre. Elle pense à lui, quelque part dans la ville noire et glaciale.

Elle ne fermera pas l'œil de la nuit.

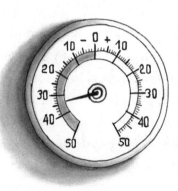

L a cliente fortunée avait supplié Anna : « Venez à Paris avec moi. Une toute petite semaine. Je ne m'en sortirai pas sans vous. » Elle paierait le billet d'avion et la logerait, pour la semaine, dans une des chambres de bonne à l'étage de son immeuble. Comme elle avait besoin de renouveler tous les rideaux et les coussins de son nouvel appartement, elle avait absolument besoin de la dextérité d'Anna.

Cette dernière avait longuement réfléchi. *Une semaine à Paris ! Pour travailler, certes. Mais malgré tout, Paris...* Elle y était déjà allée, quelques années auparavant, avec son ex-mari qui participait à un congrès dans la Ville lumière. Elle s'était débrouillée toute seule, avait adoré les petites rues, les cafés, les impasses, les parcs, les musées.

Dans un premier temps, elle avait décliné l'offre de sa cliente. Elle avait Arnaud avec elle et elle ne pouvait pas échanger sa semaine de garde partagée. La dame avait alors proposé de débourser également le billet du petit, trop contente d'avoir sa couturière personnelle à demeure. Anna avait donc emmené son fils. Ne disait-on pas que les voyages forment la jeunesse ? Et Paris, à six ans, ce n'était pas rien !

Le matin, très tôt, ils quittaient la chambrette sous les combles. Toutes ces marches faisaient bien rire l'enfant. Ils s'appliquaient à ne pas faire de bruit. La plupart des habitants de l'immeuble dormaient. Et madame n'aurait pas supporté le bruit de la machine à coudre aux aurores.

Anna adorait la ville qui s'éveille. Les boutiques qui soulèvent leurs grilles de métal, les marchands qui s'installent sur la place publique, les gens encore endormis dans les cafés. Ils allaient acheter des croissants tout chauds qu'ils dévoraient ensuite à belles dents dans un jardin.

Lorsqu'elle les voyait arriver, la boulangère s'exclamait toujours :

— Tiens ! V'là les p'tits amoureux de Paris !

L'enfant répétait souvent cette évocation à sa mère.

— Nous, on est comme deux amoureux dans Paris, hein ?

Elle acquiesçait. Il se serrait contre elle.

Lors d'une promenade de fin d'après-midi, après une longue période de couture, Anna avait compris quel genre d'adulte deviendrait son fils. Une femme était sortie d'une pharmacie avec son enfant d'à peine quatre ans. Celui-ci chignait, réclamait quelque chose, trépignait. À bout de patience, la femme avait asséné une violente gifle à son fils – Anna savait à quel point la claque pouvait partir vite chez une Française énervée. Arnaud avait lâché sa main et avait bondi en direction de la dame en hurlant de toutes ses forces :

— Es-tu folle ? Il t'a rien fait ! Laisse-le tranquille ! Malade mentale !

La dame n'avait sûrement rien compris de cette invective en québécois, mais était tout de même restée bouche bée devant l'audace de ce garçon à peine plus âgé que le sien. Et ce dernier avait alors eu dans ses yeux toute la reconnaissance du monde. Un grand venait de prendre sa défense !

Anna avait été très fière d'Arnaud, ce jour-là.

Et les suivants également.

C'est fou le nombre de centimes qu'elle avait dû débourser pour l'aider à faire œuvre de charité. Il en réclamait toujours plus. Au sortir des commerces, devant les bouches de métro, au parc où ils allaient jouer. Il avait décidé d'aider à tout prix tous les SDF qu'ils croisaient. «On peut pas les laisser comme ça, lui avait-il dit. Tu te rends compte, ils vivent dans la rue ! Ils ont rien à manger. Ils ont froid. »

Est-ce qu'à six ans il savait déjà qu'un jour il se retrouverait dans la rue, à tendre la main à son tour ?

Elle a en elle des sanglots empilés les uns sur les autres, qui ne s'écoulent qu'au compte-gouttes.

lle le lui avait répété si souvent. «Accroche-toi.» Durant ces longs mois de grossesse, alors qu'elle demeurait allongée, Anna avait établi avec lui, qui n'était alors qu'une petite crevette, une conversation en continu dans laquelle les mêmes mots revenaient sans relâche. «Accroche-toi.» Elle espérait qu'avec ses minuscules doigts, à peine formés, il s'agrippe de toutes ses forces aux parois du placenta. «Accroche-toi comme tu peux, même si tes ongles m'égratignent. Accroche-toi, moi je fais le reste», lui chuchotait-elle. Elle se décourageait d'être alitée des heures durant, elle qui avait tant de choses à faire. Mais elle le lui devait. C'était la seule façon d'empêcher le placenta de se décoller davantage et d'emporter, du même coup, le crustacé hors de son ventre.

Les premiers mois avaient été un charme. Un seul matin de nausée. La fatigue n'était pas encore présente, il n'y avait que cet état de grâce qui se reflète dans les yeux, cette excitation folle et permanente. Et le ventre qui commence à se bomber, annonçant à l'univers la bonne nouvelle. Elle attendait un enfant. Elle qui l'avait tant désiré ! Et voilà que, après trois mois de grossesse, des saignements. « Non ! Je t'en supplie, reste. Il est trop tôt. » Elle avait pris l'habitude, une fois allongée, de tirer sur le col de son vêtement pour s'adresser à lui. Garçon ? Fille ? Elle n'en savait rien. Pour l'instant, la petite chose en elle était en vie, et elle allait tout faire pour mener sa grossesse à terme.

C'est dans ces moments de première intimité qu'elle lui avait fait une promesse. Anna lui avait dit à quel point la vie était formidable. « Tu verras, c'est si joli, la vie. C'est plein de joies, c'est plein de rires. Ne t'inquiète pas s'il y a de gros nuages noirs, je serai toujours là, je te tiendrai la main. On s'abritera sous un parapluie, si c'est nécessaire. On dansera aussi, en faisant claquer nos bottes dans les flaques d'eau. Et on rira beaucoup. » Elle lui racontait toutes sortes de bêtises. Comme pour le faire sourire déjà. « Je vais t'apprendre les mots, et les pas, et des chansons. Tu sauras marcher, courir, tu verras tout ce qui est magnifique. Je t'apprendrai à aimer aussi. Surtout, je vais t'apprendre à te tenir debout. C'est ça, l'essentiel. Se tenir debout. »

C'était ce que sa propre mère avait fait. Lui apprendre à se tenir debout, quoi qu'il arrive.

Et maintenant, il était écroulé au sol. Elle n'avait pas cessé de lui répéter qu'il fallait qu'il s'accroche, qu'il redresse la tête, qu'il lève son regard vers l'avant, qu'il garde espoir… qu'il fallait encore qu'il se tienne debout. « Relève-toi. Tu es capable. » Anna avait rompu son serment. Elle n'y arrivait plus. Elle ne lui tenait plus vraiment la main.

Cette promesse s'était perdue dans la succession des jours sombres, des semaines difficiles, des années accumulées qui rouillent la vie sans qu'on s'en rende vraiment compte. Quoi qu'elle fasse, elle savait dorénavant qu'elle ne pouvait pas le sauver et que les solutions qu'elle avait l'impression de trouver pour lui n'étaient que des coups d'épée dans l'eau, des tentatives vouées à l'échec.

Elle avait pourtant essayé de lui apprendre les choses formidables de la vie, de lui montrer comment se tenir debout, tout seul, même dans les pires tempêtes. Elle avait tenté par tous les moyens de lui transmettre sa force. Mais elle avait failli à sa promesse. Elle lui avait menti. La vie n'est pas si formidable, tout compte fait. On peut trébucher n'importe quand. Se prendre les pieds dans le système, s'enfarger dans ses émotions, s'empêtrer dans des idées noires et sombrer dans le désespoir, même si quelqu'un vous soutient, vous encourage et veut vous sauver à tout prix.

Anna ne savait plus comment repêcher sa petite crevette, qui nageait désormais en eaux troubles et se laissait couler. Elle n'arrivait plus à trouver les arguments pour la convaincre de s'accrocher à nouveau.

Ce soir, Anna a deux cents ans. Elle n'arrive à rien. Une douleur dans la poitrine la paralyse. Ses os sont broyés par le chagrin. Elle a envie de hurler jusqu'à s'écrouler. Pleurer? Elle a déjà tout inondé. Elle est rendue au bout de ses ressources. Elle a tout tenté. Elle ne sait plus quoi inventer pour sortir son fils de ce brouillard où il plane en permanence. Elle a eu beau l'attacher à elle, elle a eu beau tirer sur le cordon qui les lie, afin de le ramener à la réalité, il flotte toujours dans des sphères inconnues. Il ne remettra peut-être jamais les pieds sur terre.

Aujourd'hui, elle l'a croisé. Enfin, elle est convaincue que l'homme qui traversait la rue devant elle était son fils. Elle en a été si suffoquée qu'elle s'est sauvée en courant. Comme la dernière des lâches. Elle n'aurait su quoi lui dire. Trop fatiguée pour l'aborder, lui parler. Quelle mère est capable d'une telle trahison ?

Qu'ils les visionnent au cinéma ou à la télévision, Anna et Arnaud en raffolaient. Tous ces films, animés, d'aventure ou romantiques, les ont réunis durant plusieurs années, lovés dans les grands fauteuils d'un cinéma, maïs soufflé à la main, ou emmitouflés dans une couverture, bien calés dans le divan de la maison.

Ils regardaient alors ensemble dans la même direction.

Les premiers étaient signés Disney. Les classiques qu'Anna avait découverts dans sa jeunesse : *Blanche-Neige, Cendrillon, Peter Pan, Pinocchio* et compagnie. Mais leur préféré était *La Belle et le clochard*, vu et revu tant de fois, les yeux humides et le « motton » dans la gorge. Après le visionnement, ils se faisaient un plaisir de manger des pâtes, qu'ils partageaient comme les deux chiens héros de l'histoire. Bambi les avait émus lorsqu'il apprenait à patiner et leur avait tiré quelques larmes à l'unisson. Dumbo avait réussi à les faire crier de joie en chœur lorsqu'il était enfin parvenu à s'envoler. Et que dire des craintes partagées avec les 101 dalmatiens! Anna devait chaque fois raisonner son fils, qui voulait tous les adopter.

Mais de tous les films écoutés durant l'enfance de son fils, celui qui reste le plus vif à la mémoire d'Anna est *Le Livre de la jungle*. La mère et l'enfant avaient d'abord lu à répétition l'histoire de Mowgli, ce petit garçon indien élevé par des loups auquel Arnaud s'identifiait tout à fait. Baloo, l'ours mal léché, Shere Khan, le tigre du Bengale, Kaa, le python inquiétant, et Bagheera, la panthère noire, faisaient partie de leur famille… Arnaud connaissait toutes les intrigues, tous les dialogues de cette histoire. Anna n'avait pas intérêt à sauter une page, ni même une réplique, même si son fils ne savait pas encore lire. Elle se le faisait reprocher sévèrement puisqu'il les connaissait par cœur.

Par la suite, lorsqu'ils avaient visionné sur grand écran le dessin animé de Disney, Anna et Arnaud avaient frissonné devant la menace de Shere Khan, rigolé avec le roi Louie et sa bande d'orangs-outans, laissé couler une larme avec les loups qui ont élevé Mowgli, et chanté et dansé avec Baloo une fois revenus à la maison.

Quand Arnaud était plus vieux, la mère et l'adolescent étaient passés à une autre étape, celle des scénarios plus complexes. Lors du visionnement d'*E.T.* en salle, Arnaud avait été inconsolable lorsque le petit extraterrestre avait supplié : « *E.T. phone home* » et avait dû quitter son nouvel ami pour retourner sur sa planète. C'est en pleurs qu'il était sorti du cinéma. Anna ne se rappelle plus ce qu'elle avait dû inventer pour le consoler, mais elle se souvient qu'ils avaient longtemps observé les étoiles. Tout comme ils l'avaient fait après la lecture de l'histoire de ce petit prince perdu dans le désert avec son renard à apprivoiser.

Plus tard, ils avaient partagé le plaisir des *Star Wars*. Du moins, la première trilogie. Luke Skywalker, Han Solo, Chewbacca, C-3PO et R2-D2 avaient fait partie de leur vie durant quelques années. Les jouets de cette guerre des étoiles – vaisseaux spatiaux, épées lasers, costumes de Jedi ou de soldats de l'Empire, personnages de plastique représentant les héros de l'histoire – avaient longtemps envahi le salon, transformé à l'aide de coussins, de jetés et de fauteuils renversés en paysage lunaire ou intergalactique.

Combien de fois Arnaud avait-il quitté la maison en déclarant à sa mère, le plus sérieusement du monde : « Que la Force soit avec toi ! » Anna, pour sa part, murmure encore – dans le plus grand des secrets – cette formule à l'intention de son fils qui affronte tous les dangers dans un univers étranger. Lui qui doit combattre toutes ses peurs, lui qui lutte en permanence contre un ennemi terrible logé en lui, celui qui l'a fait basculer du côté obscur, alors qu'il n'a même pas d'amis ni d'épée laser pour se défendre... Tout comme Mowgli, il cohabite maintenant dans la jungle avec les loups, mais contrairement à E.T., il n'appelle pas souvent à la maison.

Tout le monde répondait aux suppliques d'Anna pour venir en aide à son fils par cette même réplique : « Tu ne trouves pas que tu en as assez fait ? On ne peut plus rien faire pour lui. »

Mais pour cette femme combative et tenace, qui trouvait invariablement des solutions aux problèmes, cette logique ne tenait pas la route. Ça ne lui rentrait ni dans la tête ni dans le cœur. « Il y a toujours quelque chose à faire. On ne peut pas se croiser les bras ni abandonner. »

De par son métier, Anna savait agrandir, rapetisser, rendre confortable ce qui ne l'était pas, remettre au goût du jour ce qui ne l'était plus. Avec ses doigts de fée, son œil aiguisé, son penchant pour les belles choses, il n'y avait rien à son épreuve. Elle savait faire du neuf avec du vieux, camoufler l'usure, transformer. Ravauder. Pourquoi ne pouvait-elle rien faire pour son fils ? Pourquoi ne pouvait-elle pas être celle qui arriverait à rapiécer son parcours cahoteux, puisque lui n'y arrivait pas ?

Sa psychologue le lui répétait. « Vous ne pouvez rien faire pour lui, il faut qu'il le veuille... » « Il faut qu'il se prenne en main... » « Il faut qu'il descende jusqu'au fond pour pouvoir remonter à la surface... » « Ça doit venir de lui, pas de vous... »

Pourquoi était-elle impuissante à réparer ce garçon qu'elle avait mis au monde ?

Pourquoi n'arrivait-elle pas à rafistoler ce qui avait été déchiré, abîmé chez lui ? En lui ?

À remettre d'aplomb ce qui était de guingois ?

À modifier la trame, à rebâtir autrement ?

Pourquoi ?

L orsque Arnaud faisait l'école buissonnière, Anna le savait tout le temps. Il rentrait à la maison à la fin des classes. Avec son sac à dos, sa tête d'adolescent studieux et son grand sourire à faire fondre un glacier.

— Tu as foxé les cours, toi !

— L'école a appelé ? demandait-il, sur la défensive.

— Non.

— Comment tu le sais ?

— Je suis ta mère ! répondait simplement Anna.

Plus jeune, lorsqu'il se servait à pleines mains dans la jarre à biscuits, avec mille précautions pour qu'elle n'en sache rien, sans même qu'elle se trouve dans la cuisine, il se faisait réprimander à distance : « Pas de biscuits, tu n'auras plus faim pour souper!» Comment sa mère avait-elle fait pour le savoir? Elle se trouvait devant sa machine à coudre. Elle ne pouvait pas le voir. Ça le rendait fou.

Lorsqu'il avait fumé un joint, également, elle le savait. Mais ça, c'était plus facile. Il n'y avait qu'à le regarder. Il avait les yeux injectés de sang, il avait l'air à l'ouest et ses vêtements sentaient le pot.

Maintenant qu'il est devenu un jeune adulte, elle ne sait plus rien. Elle ne devine plus rien.

Il peut lui mentir en pleine face et inventer les excuses les plus insensées, les plus extravagantes, les plus invraisemblables, son don de divination – don que possèdent presque toutes les mères – s'est altéré au fil des ans, il a entièrement disparu. Ses yeux tout le tour de la tête ne voient plus rien venir...

Pourtant, les excuses de son fils sont énormes et variées. Elles reviennent périodiquement.

«Je me suis fait voler mon argent!»

«J'ai perdu mon porte-monnaie!»

«Ça fait deux jours que j'ai rien mangé.»

«J'ai prêté de l'argent à un ami et il me l'a pas rendu.»

«Ils ont fait une erreur à la banque.»

«Ma carte de guichet est pétée, a marche plus.»

«Ma paye est pas rentrée à temps.»

Anna le croit sur parole. Elle s'affole pour lui. Elle est prête à remuer ciel et terre pour le sortir de là.

Il continue dans la même veine pour être certain qu'elle fléchisse.

« Tu me sauverais la vie ! »

« Tu me sortirais du trou. »

« C'est la dernière fois. »

« Fais ça pour ton fils ! »

« C'est une question de vie ou de mort ! »

« T'en as, de l'argent, toi. »

« Je vais te le remettre, j'te l'promets. »

« Avec des intérêts, si tu veux. »

« Ça arrivera plus, j'te jure ! »

« *Please*, maman ! Je suis vraiment dans marde ! »

Et Anna avance l'argent, paye le loyer, rembourse la dette.

Elle pense à ces parents, presque tous les parents en fait, qui ont de l'ambition, des rêves pour leur progéniture. Ils espèrent tous que leurs petits auront envie de réussir dans la vie. De réussir leur vie. Ils les voient déjà grand chirurgien, éminent juge, sportif de haut niveau, chanteur de réputation internationale, avocat célèbre, vedette de cinéma… Et si l'enfant, lui, veut de tout son cœur être – certains diraient « n'être que »… – mécanicien ou coiffeur, fleuriste ou encore ébéniste ?

Anna n'a jamais rêvé que son fils occupe les hautes sphères de la société. Elle voulait seulement qu'il soit heureux. Alors coiffeur, ébéniste, mécanicien, pourquoi pas ! Si c'était son choix à lui.

Mais sans-abri ? Itinérant ?

Si, un jour, son fils était arrivé à la maison pour lui présenter une Marie-Claude, la personne la plus importante pour lui, Anna aurait accueilli cette Marie-Claude à bras ouverts. S'il avait amené un Jean-Claude en déclarant que c'était l'amour de sa vie, elle en aurait fait tout autant.

Mais, depuis quelques années, il n'y avait ni de « elle » ni de « lui » dans la vie d'Arnaud. Les médicaments et les drogues dures tuent toute libido. Et qu'a-t-on à offrir à l'autre quand on n'a plus rien ?

Heureusement, pensait souvent Anna, il n'a pas d'enfant. Il n'arrive pas à s'occuper de lui, comment pourrait-il prendre soin d'un petit ? Il n'arrive plus à se tenir debout seul, comment pourrait-il tenir la main d'un enfant ?

Il a lui-même l'allure d'un vieux monsieur à seulement quarante-quatre ans. Un vieillard que la rue a usé, mais qui est resté dans sa tête et dans son cœur un adolescent incapable de responsabilités envers les autres ni envers lui-même. Une sorte d'enfant-vieillard.

— J'ai eu une idée de génie ! avait-il déclaré en rentrant à la maison. C'est moi qui va avoir le costume le plus pété. Je vais sûrement gagner le concours.

Arnaud était revenu sur ses pas. Il avait bougé son long corps d'adolescent, avait poussé la porte d'entrée qu'il tenait toujours béante avant sa déclaration fracassante. Il avait tenté de faire pénétrer dans la pièce une immense boîte en carton qui était presque aussi longue que lui. L'exercice n'avait pas été facile, mais en pliant les bords les uns contre les autres il avait réussi. Il était aussitôt monté dans sa chambre avec sa fabuleuse trouvaille.

— Attends de voir ça, Mamita... T'en reviendras pas.

Anna attendait donc de voir ça.

Le jour J, il avait redescendu l'objet, non sans efforts. La boîte de carton refaçonnée, peinte en blanc, sur laquelle il avait collé deux poignées verticales sur chaque section, l'une sur un compartiment ouvert dans le haut, et l'autre sur celle du bas, ressemblait maintenant à un réfrigérateur géant. Il s'était glissé à l'intérieur de la boîte, avait ouvert la section du haut et, avec un sourire ravi, avait regardé sa mère, tellement content de son invention.

— Pis? Génial, hein?

Anna n'avait su que dire. Le déguisement en soi était formidable, mais elle pensait à la suite. Comment allait-il circuler avec un tel accoutrement?

— Tu te rends compte? Le monde du party va se sentir obligé de me nourrir. Les filles surtout! J'ai juste à ouvrir «mon congélateur» – il avait joint le geste à la parole –, et à moi les pointes de pizza, les bouchées de hamburger, les gâteaux... et peut-être aussi les baisers!

Anna avait souri devant le charme de son fils. Il était prêt à tout pour obtenir ce qu'il voulait. Elle avait quand même émis quelques bémols.

— Comment tu vas faire pour te rendre à la fête?

— C'est chez Vincent et son frère. À deux maisons d'ici.

— Et comment tu vas faire pour sortir de la maison?

— Euh... Tu vas m'aider, avait-il répondu du tac au tac.

Ils avaient beaucoup ri. La sortie du costume avait pris pas mal de temps et de délicatesse. C'est la porte-patio qui avait été choisie finalement après plusieurs tentatives. L'ado avait été soulagé à la pensée que la maison de son copain Vincent possédait également une porte-fenêtre donnant sur la terrasse arrière.

Il était parti pour son party d'Halloween, très content de lui, dans son déguisement nouveau genre. Anna espérait que les choses se passeraient bien. Elle avait regardé par la fenêtre son fils-réfrigérateur se rendre chez les voisins.

Il était revenu assez tôt, pas mal penaud et sans son déguisement, qu'il avait abandonné près des poubelles.

Une fois la surprise et les commentaires élogieux passés, son fils s'était rendu compte qu'il lui était impossible de danser avec un tel objet autour du corps. Les filles s'approchaient de lui avec difficulté, le carton était surdimensionné. Tout le monde le bousculait parce qu'il prenait trop de place. Durant toute la fête, il était resté seul dans son coin – comme l'électroménager qu'il incarnait –, tandis que les autres s'amusaient sur la piste de danse. Oh ! Bien sûr ! Il avait été nourri. Gavé même ! Il en avait mal au cœur.

Le souvenir s'estompe doucement. Anna songe qu'encore aujourd'hui, assis sur un bout de carton, dans une quelconque rue de la ville, Arnaud quête de la nourriture et sûrement un peu d'amour.

— Vous ne pouvez plus faire ça, Anna, lui a dit la psychologue. Vous ne payez pas son loyer, vous payez sa drogue. Il faut absolument que vous fermiez le robinet. C'est une des conditions essentielles si vous voulez qu'il s'en sorte. C'est le *tough love*. Vous trouvez les solutions pour lui. Vous prenez les décisions à sa place. Vous vivez sa vie. Laissez-la-lui.

— Oui, mais…

— Redonnez-lui sa vie, Anna. C'est la seule façon de l'amener à se tenir à nouveau debout. C'est ce que vous vouliez, au départ, non ?

Anna ne peut plus entendre cette chanson sans éclater en sanglots. Elle avait reçu un paquet en provenance d'un village de l'autre côté de l'océan. À l'intérieur de l'envoi, il y avait quelques photos, des dessins, une copie de bulletin, un mot doux et une cassette. Son fils et ses camarades de classe y chantaient en chœur, avec leurs petites voix touchantes et un fort accent français : « Ça vaut pas la peine de laisser ceux qu'on aime… Pour aller faire tourner des ballons sur son nez… »

Arnaud était parti une année entière – avec deux courtes semaines de vacances en février – vivre dans un pays du Maghreb, avec son papa qui y avait obtenu un contrat d'enseignant. Ils n'étaient pas seuls, il y avait aussi la nouvelle femme de celui-ci, un petit garçon et un bébé fille. La grand-mère paternelle d'Arnaud était également allée prêter main-forte à la famille.

Anna avait accepté cette situation. À contrecœur, d'abord. Elle savait d'avance que cette absence serait terrible pour elle, mais elle ne se voyait pas refuser à son ex l'accès à son enfant de huit ans, une année durant.

Et puis, son fils ne serait pas en danger. Il serait bien entouré, il étudierait dans un lycée français, il se ferait des amis, il découvrirait une autre culture, c'était, en fait, une occasion incroyable, une formidable aventure. Et le plus important: il partagerait une vraie vie de famille. Anna ne pouvait pas lui offrir le même cadre parental.

Comme Arnaud ne savait pas encore bien lire l'écriture cursive, Anna avait eu l'idée d'enregistrer des cassettes de «placote», de chansons, d'histoires qu'elle lui lisait à distance. Les téléphones cellulaires, courriels, Skype, Messenger, Facetime et WhatsApp de ce monde n'avaient pas encore été inventés. Elle devait composer avec les délais de la poste pour recevoir des nouvelles de son fils et lui en donner.

Un jour, il lui avait demandé de ne plus faire ces envois. Il avait trop de chagrin lorsqu'il entendait la voix de sa mère. «Y a comme un motton dans ma gorge», lui avait-il dit.

Elle le connaissait, ce « motton », elle aussi, mais elle ne pouvait se priver de recevoir, au milieu de l'hiver, cette façon toute spéciale qu'il avait de prononcer le mot « maman ». De lui raconter les dattes en provenance de leur jardin. De lui parler de la cuisinière qui faisait le couscous si piquant. De lui décrire les ruines incroyables qu'il avait visitées. Et les bêtises d'enfant, et les anecdotes, et les petits riens qui remplissaient sa nouvelle vie. Anna avait accepté la situation, mais elle avait l'impression que sa chair était à vif. Son fils était si bien collé à elle qu'à son départ – même si c'était pour quelque temps seulement – sa peau était partie avec lui. Elle n'était plus qu'une plaie ouverte.

C'est rien qu'une histoire
J'peux pas m'en faire accroire
Mais des fois j'ai l'impression qu'c'est moi
Qui est assis sur la glace, les deux mains dans la face
Mon amour est parti, puis j'm'ennuie…

Comment tout cela va-t-il finir ? Cette histoire n'a pas de fin, en fait. Pas encore. Elle s'allonge dans le temps, elle s'étire jusqu'à n'avoir plus de limites.

Anna n'a, à ce jour, aucune réponse à ses « pourquoi » trop gros pour elle. Des pourquoi qui vont rester muets pour l'éternité, peut-être. Des secrets qui dormiront jusqu'à la nuit des temps. Des « comment tout cela est-il possible ? » qui n'amèneront aucune conclusion logique. Un peu comme un suicide sans lettre d'adieu. Un départ sans au revoir. Une mort stupide sans raison aucune. Une vie gâchée volontairement.

Anna sait seulement qu'elle est assise dans un autobus qui roule sans but et dont le prix du passage est exorbitant. Transport qui n'a rien de commun puisqu'il ne fait aucun arrêt, ne permet jamais à ses passagers de descendre et n'arrivera jamais, jamais au terminus. Une histoire sans fin. À moins que...

À moins qu'elle y mette fin elle-même. Anna y a déjà songé, dans un moment de grand découragement. Elle a déjà vu la scène. Le film qu'elle repasse en boucle le soir lorsqu'elle n'arrive plus à respirer tant la douleur est insupportable pourrait porter le titre suivant : *Assistance à personne en danger*.

Puisqu'elle a tout tenté pour le sortir de là... il ne resterait plus qu'à l'aider à en finir. Lui n'en aura jamais la force. Mais elle ?

Aurait-elle ce courage alors que lui ne l'a pas ?

Un jour, Arnaud a commencé à consommer, à trop consommer. Il n'a plus été capable de s'arrêter. Il pensait peut-être que c'était une manière d'éviter d'en finir une fois pour toutes. Mais qu'est-ce qu'il essayait de geler ? Est-ce qu'il le savait seulement ?

Il va toujours préférer ce long suicide à l'aide d'un couteau qui blesse légèrement, fait couler un peu de sang, fait drôlement mal, mais ne tue pas. Même à répétition. Il n'enfoncera jamais lui-même l'aiguille dans son bras avec suffisamment de poison mortel pour partir de l'autre côté. Il préfère vivre sous respirateur artificiel, mourir à petit feu, à coups de violences, d'usure, de désespoir.

Ça fait plus d'une demi-heure que ça dure. Son fils vocifère avec hargne en critiquant tout ce qui ne fait pas son affaire. La liste est longue. Alors, n'y tenant plus, elle se met à hurler à son tour. La colère trop longtemps tapie au fond de sa gorge explose. Elle y met toute la force dont elle est capable. D'une voix qui glace, qui appelle au silence, elle ne lui laisse plus placer un mot. Elle lui ordonne de se taire sur-le-champ. D'arrêter d'accuser tout un chacun d'être la cause de ses problèmes.

Mais la litanie se poursuit. Et avec de plus en plus de violence. Son fils est une victime. On lui met continuellement des bâtons dans les roues, on l'empêche de respirer, d'exister, on fait tout pour faire de sa vie un enfer.

— L'enfer... il n'y a que toi qui l'as créé, Arnaud. Que toi.

Il continue de plus belle. Elle menace alors de lui fermer la ligne au nez s'il persévère à s'époumoner de la sorte.

Il continue. Elle raccroche avec rage. Ses mains tremblent. Elle est en nage. Il rappelle. Elle décroche. Il hurle de nouveau. Elle referme le téléphone avec violence. Il ne rappellera que deux semaines plus tard. Tout souriant, comme si de rien n'était. Pour lui, cet appel n'a pas existé. Elle l'écoutera à nouveau. Elle essaiera de comprendre, elle conseillera une fois de plus... Comme si de rien n'était.

M ême si elle se doute que son fils ne passera jamais à l'acte, Anna ne peut s'empêcher de redouter quand même le pire.

Elle apprend à la lecture du journal que le taux de suicide chez les jeunes de 15 à 24 ans a baissé de 15,3 % à 6,4 % en quinze ans.

Ouf! Il ne fait plus partie de cette tranche d'âge.

« Mais la situation continue d'être préoccupante chez les hommes de 45 à 64 ans. »

Re-ouf! Il ne les a pas encore.

Pas encore.

I l avait six, sept ans. Il regardait la télé tandis qu'elle s'activait à sa machine à coudre. Une commande à livrer pour le lendemain. Elle s'était levée pour aller chercher un verre d'eau. Elle était passée par le salon pour se rendre à la cuisine et avait aperçu, du coin de l'œil, ce que son fils regardait. À l'écran, on assistait à une scène plutôt étrange. Deux hommes s'enfonçaient doucement dans le sable. Des sables mouvants. Il s'agissait pourtant d'une heure d'écoute jeunesse. L'enfant avait l'air perturbé par ce qu'il voyait. Anna s'était assise près de lui et, devant son air inquiet, elle avait tenté d'expliquer. Elle avait raconté que ça n'existait pas par ici. Qu'on trouvait ces sortes de terrains mouvants dans des contrées lointaines et sauvages. Puis elle avait ajouté bien naïvement – on rassure ses enfants comme on peut – que ces sols dangereux étaient, la plupart du temps, indiqués. La preuve, il y avait une petite pancarte en bordure du cercle de terre dans lequel les hommes s'enlisaient où l'on pouvait lire : *Sables mouvants.*

— Ils n'ont pas fait attention, lui avait-il dit en conclusion.

Il avait paru rassuré. Elle avait alors décidé de l'éloigner de la télévision.

— Et si on faisait le souper maintenant ? Je suis sûre que tu as faim, lui avait-elle proposé.

Il avait toujours faim. Il avait sauté sur ses pieds. Elle avait saisi la télécommande et éteint l'appareil.

Le soir, lorsqu'il était en pyjama, prêt à se mettre au lit, Arnaud en avait reparlé. Il semblait avoir longuement réfléchi sur le sujet.

— Ça doit être terrible, hein, maman, de se trouver dans des sables émouvants...

Aujourd'hui, elle repense à ces sables émouvants. Elle s'enfonce inexorablement. Elle coule, elle glisse, elle panique. Ses membres sont paralysés par la peur, par l'effort. Bientôt, l'air ne viendra plus dans ses poumons.

Et si elle mourait à sa place ?

l est trois heures du matin. Anna dort. Le téléphone la tire du sommeil. Elle émerge difficile-
ment. Qui peut bien appeler à cette heure? Sa
famille? La police?

D'abord, elle ne reconnaît pas l'interlocuteur.
Des mots incompréhensibles sont chuchotés. La
voix est à peine audible. La panique se devine pourtant. C'est son fils. Il semble totalement affolé.

— Y est dans mon appartement! Y est là.
J'l'entends!

— Qui ça? réussit-elle à lui demander.

— Mon voisin, chuchote-t-il comme si ce dernier
pouvait l'entendre.

— Ton voisin?

— Le fou d'en haut. Y est là... y rôde dans
l'appartement.

Anna a des doutes. Son fils habite dans un si petit logement...

— Tu es sûr? Tu n'avais pas barré ta porte?

— Oui! Oui, je l'ai barrée.

— Il a brisé la serrure?

Pas de réponse.

— Il a défoncé la porte?

— Non! Il est passé par le frigo. C'est par là qu'il passe d'habitude... par le frigidaire.

Anna ne sait plus quoi dire. Elle lui suggère d'appeler la police.

— Non. Ils feront rien. C'est pas la première fois que ça arrive. Depuis quelque temps, il vient tout le temps.

Anna entend une autre voix dans le téléphone.

— Avec qui tu parles?

— Ma blonde. Elle dit qu'on devrait essayer de dormir.

La tonalité du téléphone emplit l'oreille d'Anna. Arnaud vient de raccrocher.

Comment se rendormir après ça?

Un autre soir, Anna a demandé :

— Pourquoi tu ne vas pas dans un refuge ?

— J'ai besoin d'être libre.

— OK, mais il fait moins trente. Et la température va continuer de baisser cette nuit.

— Je veux plus y aller. Dans les dortoirs, les gars se plaignent toute la nuit, ils font des cauchemars, ils hurlent, ils pètent, ils essaient de te voler le peu que tu as pendant que tu dors. C'est toutes des soucoupes, là-dedans !

— Des soucoupes ?

— C'est comme ça qu'on les appelle. Des soucoupes volantes. C'est les fêlés, ceux qui parlent aux murs, ceux qui ont pu toute leur tête. Ceux qui devraient être en institution. Y les ont toute

sortis, pis y les ont crissés dans rue. Sans médicaments. Des soucoupes!

L e fils d'Anna n'est plus là. Elle le sait. Il est quelque part... engourdi, endormi, gelé. Sa consommation ressemble à la cryogénisation. A-t-il eu l'idée de se faire congeler, d'attendre quelques années et de revenir à la vie – si la chose s'avérait possible un jour? Walt Disney l'a bien fait!

Sauf que personne n'en garantit le succès. Se réveillera? Se réveillera pas? En un seul morceau? Avec toutes ses facultés?

La plupart des clients qui ont recours à la cryogénisation ne se font, semble-t-il, congeler que la tête et le cerveau. Comme Arnaud.

L e fils d'Anna a grandi rapidement. À dix ans, il était presque de sa taille. Et puis, un jour, il l'avait dépassée de toute une tête. Il était assez fier de cette situation. C'est à partir de ce moment qu'il avait commencé à l'appeler « Mamita ».

Lorsqu'il était petit et qu'elle avait à le réprimander, elle profitait de son ascendant sur lui. Mais à partir du jour où Anna avait eu davantage la taille d'un enfant à côté de ce grand adolescent, il avait fallu qu'elle imagine une solution pour que les messages qu'elle voulait lui transmettre aient du poids.

Quand on ne mesure que 5 pieds 2 pouces, si on veut sermonner un enfant géant, on a intérêt à monter sur un tabouret pour démontrer un peu d'autorité ou à trouver une façon de faire plus subtile. Sinon on a l'air d'un clown qui a oublié d'enlever son costume et son nez rouge avant de gronder ses enfants au retour du travail.

Dans ces moments importants, elle suggérait à son fils de s'asseoir pour qu'ils discutent. Elle attendait qu'il soit installé sur une chaise de la salle à manger. Elle restait un certain temps debout près de lui avant de s'asseoir à son tour. Puis, lorsqu'elle avait terminé de lui faire les reproches ou les remontrances nécessaires, et surtout lorsque le message semblait avoir atteint sa cible, elle se relevait avant lui et reprenait du même coup son pouvoir de petite mère. De Mamita.

Anna n'a jamais avoué à son fils ce leurre qu'elle utilisait jusqu'à ce qu'il quitte la maison à dix-huit ans pour aller vivre en appartement avec ses copains. Et elle ne sait toujours pas s'il a deviné sa ruse de « petite maman ».

Aujourd'hui, elle n'a plus besoin de cette astuce. Son fils vit à genoux. À même le trottoir.

Anna a constamment ce sentiment qu'elle doit réparer quelque chose pour son fils. Quelque chose qu'elle a mal fait… ou qu'elle n'a pas fait… qu'elle aurait dû faire mieux, ou alors autrement…

Tous les parents d'enfants disparus ou morts trop tôt se posent la même question : « Qu'est-ce qu'on a bien pu faire pour que ça nous arrive ? »

— Rien, Anna. Vous n'avez rien fait de mal. Vous avez fait votre possible. Comme la plupart des parents aimants. La meilleure chose que vous puissiez faire pour lui, c'est de lui rendre sa vie.

La psychologue s'est faite rassurante :

— Et reprendre la vôtre. Une vie à vous, pas celle de votre fils.

Passer à autre chose? Comment pourrait-elle y arriver? Il faudrait remplacer tous les souvenirs qui font peur. C'est surtout d'avoir à les échanger contre de nouveaux qui effraie le plus Anna. Elle aurait alors l'impression de trahir les anciens.

Elle n'est pas prête. Elle se sent toujours coupable, en partie responsable. Et s'il était encore possible de faire quelque chose?

Anna est à genoux devant la dame, qui n'arrête pas de gigoter. Anna lui répète que, si elle pouvait ne pas bouger pendant cinq minutes, ça lui faciliterait la tâche et le bord de sa robe serait plus égal.

La dame se calme, enfin. C'est qu'elle est excitée : son fils passera lui rendre visite dans quelques instants.

— Il est toujours très occupé. Son emploi, ses enfants...

Elle lui explique, de long en large, toutes les activités sportives et culturelles auxquelles participent enfants et parents, par la même occasion.

— Vous comprenez ?

Si Anna comprend ! Il fut un temps où elle aussi exerçait ce rôle de maman-taxi. Toujours agenouillée aux pieds de la dame, elle tente d'enfiler les épingles pour marquer l'ourlet en évitant de piquer sa cliente.

— Je peux bien me vanter, je crois que j'ai un fils presque parfait!

La sonnette retentit à ce moment-là, suivie d'un «Allô!» joyeux.

La dame se précipite vers son fils. Elle le crible de baisers, lui enlève son manteau, lui demande s'il a faim, s'il a soif. Pendant ce temps, Anna s'est relevée. Le fils s'approche d'elle et lui tend la main, serre celle d'Anna vigoureusement.

Anna suggère à la dame d'aller enlever sa robe; elle sera plus à l'aise sans les épingles qui risquent de lui piquer les mollets. Elle sent le fils qui la regarde avec attention.

— Vous n'habitiez pas sur la 1re Avenue il y a quelques années?

— Non. Sur la 8e Rue, plutôt.

— Vous n'auriez pas un fils qui allait à J.-F.-P.?

— Euh... oui.

— Oui! s'exclame-t-il soudain. Le garçon aux voyelles!

— Pardon?

— Oui, c'est le nom qu'on lui donnait. Les voyelles! Son prénom et son nom commencent par une voyelle, non?

Il cherche dans sa mémoire.

— Armand… Arthur… Arnaud… Euh… E…
E… Emond! s'écrie-t-il, ravi d'avoir trouvé. Arnaud
Emond, les voyelles! C'est ça.

Anna opine de la tête.

Il continue sur sa lancée. Le fils d'Anna se
tenait toujours avec un garçon blond. Deux insé-
parables. Ils étaient en quatrième secondaire, et
lui en cinquième.

Pour faire diversion, Anna parle de ce copain
qu'elle a bien connu. Et comme elle a eu de ses
nouvelles récemment, elle ne se fait pas prier pour
les donner. Il est marié, il a deux enfants et travaille
comme ébéniste.

— Moi, j'ai trois enfants et j'ai repris l'épicerie
fine que tenait mon père, lance le jeune homme.

Anna l'observe. Il est beau garçon. Un visage
rond, des yeux allumés, un sourire avenant. Il
déborde de vie et d'énergie.

— Et votre fils? Qu'est-ce qu'il devient?

Anna cesse de respirer.

Ne pas pleurer, ne pas pleurer.

Elle arrache presque la robe des bras de la dame
qui revient dans la pièce, prend les autres vêtements pliés sur une chaise. Elle les place à toute
vitesse dans le grand sac qu'elle a apporté et
déclare qu'elle n'a pas vu l'heure, qu'elle est terriblement en retard. Un client l'attend chez elle.
Elle enfile son manteau, attrape au vol son sac à
main en disant à la dame que les retouches seront

prêtes vendredi. Elle appellera avant de passer. Et elle se sauve comme une voleuse. La porte claque dans son dos.

La dame et son fils regardent partir Anna, un peu étonnés par cette sortie précipitée, mais retournent rapidement à ce qui les concerne : l'amour filial.

Anna ouvre sa portière, dépose ses affaires sur le siège arrière et s'assoit derrière le volant.

Ne pas pleurer, ne pas pleurer.

Elle ne se rappelle plus comment elle s'est rendue chez elle. Elle se gare. Elle court comme une dératée vers sa maison. Se débat rageusement avec la clé qui refuse de pénétrer dans la serrure, y arrive enfin. Elle referme la porte avec fracas.

Elle se laisse glisser contre celle-ci jusqu'à se retrouver assise par terre, tremblant de tous ses membres. Puis elle éclate en sanglots. Entre deux gémissements, elle murmure :

— Les voyelles ? Il vit dans la rue. Dans la rue.

Pourtant, tout avait été bien pensé, orchestré depuis le premier jour. Le «tout se joue avant six ans» était adéquat, prometteur.

Il avait été allaité, vacciné, débarbouillé, nourri comme il se doit.

Il y avait eu des berceuses et des risettes; des contes et des chansons, des comptines aussi.

Des chatouilles et des rires.

De grands bains pour s'amuser.

Des câlins pour tout et surtout pour rien.

Des chats, un lapin, des copains.

Des tonnes de questions auxquelles il fallait impérativement répondre.

Des balades en forêt, des visites au zoo.

Un tricycle, des vélos, des trottinettes.

Des maisons joyeuses, des couleurs vives, des rires d'enfant.

Des jeux d'adresse, des puzzles, des découvertes. Des partys pyjama. Des chambres sens dessus dessous. Des batailles d'oreillers.

De quoi dessiner, peindre, construire, inventer.

Des cartes de fête des Mères surprenantes, des colliers de macaronis fabriqués avec amour, avec l'obligation impérative de les porter même si la peinture déteint sur la peau.

Des cours de natation, de ski ; des camps de jour, des camps de soccer, des garderies et des écoles alternatives.

Des gardiens et des gardiennes allumés et inspirés.

Il y avait eu également des otites à répétition, une méningite virale, une morsure de chien et quelques cauchemars.

Des nuits blanches, quelques jours sombres.

Mais aussi des samedis à cuisiner, des dimanches à flâner, des soirées à imaginer, des nuits à rêver.

Des grands-parents, des tantes et des oncles. Des cousins. Beaucoup d'amis. De gentils papas de passage. Une belle-maman, un demi-frère, une demi-sœur et un gros chien. Des parents aimants, présents.

Et puis une grande bibliothèque, toujours accessible, un jardin pour s'épivarder seul ou avec les copains.

Des bords de mer, des parties de pêche, du camping.

De la musique, des adultes en visite, des grosses bouffes, des grandes fêtes, des échanges, des gens d'autres cultures, d'autres origines, d'autres orientations sexuelles.

Des bougies à souffler, des présents sous l'arbre, des surprises en passant. Des visites de la fée des dents.

Des igloos et des bonshommes de neige, des châteaux de sable, des bêtises.

Des centaines de « becquer bobo », des milliers de « je t'aime », des encouragements à répétition.

Des voyages à Paris, en Tunisie, au bord de la mer.

De l'amour, de la tendresse…

Et puis il y avait eu l'Accident.

L'enfant avait neuf ans. Il venait de terminer sa troisième année du primaire. Il avait trouvé ces dix mois d'études épuisants. Il aurait voulu prendre une année sabbatique.

— Une année sabbatique à neuf ans! Pour quoi faire?

— Pour aaaaaarien faire, justement! Aaaaaarien faire!

L a psychologue qu'elle a longtemps consultée le lui a dit : « Vous pouvez vous éloigner, vous pouvez couper les ponts, fermer le robinet, tenter d'oublier que vous avez un fils, vous ne pourrez jamais anéantir cette douleur, elle sera toujours en vous. Certains jours elle s'atténuera légèrement, mais elle restera tapie au fond de vous, quoi que vous fassiez. »

Anna pense parfois que le jour où elle sera devant le corps de son fils – pas ce corps de maintenant qu'il abîme au jour le jour, mais celui dont toute vie aura disparu –, ce jour-là seulement elle pourra commencer à faire son deuil. Elle le prendra dans ses bras, le bercera une dernière fois, tentera de reconnaître dans les traits du vieillard l'enfant qu'elle a chéri, tellement aimé. Elle pourra alors lui faire ses adieux. Et le laisser partir. Elle n'aura plus à craindre pour lui. Il n'aura plus jamais froid, plus jamais peur, plus jamais faim. Il ne sera plus inquiet de quoi que ce soit. Il ne sera plus jamais en manque, il ne sera plus jamais perdu dans la brume. Il ne sera plus. Point.

Il sera enterré près de son père ou encore incinéré et son urne sera hébergée dans une petite case pour l'éternité. Ce jour-là, Anna ressentira un peu de paix.

Elle saura enfin où il loge.

A nna n'avait pu s'empêcher d'en faire l'achat. Il était trop beau. Sur l'étal d'un marché à Paris, elle avait déniché un caban, petit manteau en drap de laine épais, à capuchon, fermé à l'avant par des brandebourgs et des boutons en forme de bûchettes. Il était rouge cerise alors que d'habitude on en trouvait des semblables dans les teintes chameau ou marine. Il manquait deux attaches en bois, facilement remplaçables, et les bords des manches étaient légèrement abîmés, mais Anna saurait habilement en faire disparaître l'usure. La taille était la bonne, mais elle réalisait que son fils, alors âgé de trois ans, n'aurait pas l'occasion de le porter longtemps. Il grandissait si vite ! Elle avait complété son achat en y ajoutant un bonnet breton et un pull, rayés marine et blanc.

Des images de son fils à l'époque lui reviennent en mémoire. Arnaud était vraiment mignon, vêtu de la sorte. Et le jour où elle avait trouvé la paire de bottes en caoutchouc de la même couleur que le manteau, dans la vitrine d'un magasin tout près de chez elle, elle avait chaussé de belle façon son petit prince. Celui-ci s'était pris, ce jour-là, pour le Chat botté. Il se baladait dans le magasin, ses bottes rouges aux pieds, heureux de les posséder. Il courait dans tous les sens pour savoir si ses bottes « couraient vite ». Et une fois rentré à la maison, il avait refusé de les enlever pour souper. Passe toujours, mais à l'heure du bain, il s'était obstiné avec sa mère : c'était l'occasion idéale pour en vérifier l'étanchéité. L'enfant avait pris son bain debout, évitant de les remplir d'eau, mais clapotant de la même façon qu'il ne manquerait pas de le faire ensuite dans les flaques d'eau et de boue.

Au moment d'aller au lit, il avait piqué une crise terrible. Il n'était pas question qu'il les enlève. C'étaient SES bottes rouges ; il les porterait quand il voudrait. Sa mère lui avait expliqué qu'on dormait habituellement pieds nus et qu'il n'était pas très sain d'avoir les pieds entravés par du latex toute la nuit. Il n'en avait pas démordu.

Devant tant de résistance, Anna avait abdiqué. Elle savait qu'une fois le petit endormi elle

arriverait facilement à extirper ses pieds empri-
sonnés dans les bottes. Mais, malgré toutes les précautions qu'elle avait prises, elle n'avait pas réussi.
Arnaud s'éveillait chaque fois en sursaut en s'agrip-
pant de toutes ses forces à son trésor, véritable
Rackham le Rouge qui n'abandonnerait jamais
son magot.

Aujourd'hui, lorsque Anna repense à l'épisode
des bottes rouges, elle se dit que son fils n'aurait
pas dû les retirer de ses pieds. Jamais. Peut-être
courrait-il de nouveau, muni de ses bottes de sept
lieues, lui qui ne sait même plus marcher, lui qui
titube comme un somnambule au bord du pré-
cipice. Chaussé de ses bottes de pluie, il sentirait
sûrement « l'orage qui menace le ciel de sa vie ».
Il parcourrait des chemins tortueux, même ceux
de traverse, il franchirait des territoires inconnus,
certes, mais ce voyage le ramènerait à lui-même.
À son propre trésor. Les paroles de Michel Rivard
accompagnent la réflexion d'Anna, à cheval sur
ses souvenirs.

Alors il sent l'orage qui menace le ciel de sa vie
Il existe un trésor, une richesse qui dort
Dans le cœur des enfants mal aimés…
Ils traînent leur peine jusqu'au parc La Fontaine
Pour les cristaux de haine
Qui leur gèlent les veines.

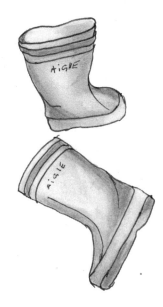

Aujourd'hui, il pleut. Anna appuie son visage sur la vitre de la fenêtre qui donne sur le jardin. Comme elle n'a plus de larmes, elle emprunte, pour le moment, celles qui tombent des nuages.

L e fils d'Anna lui a raconté qu'un jour, alors qu'il était assis sur le bord du trottoir...

— Normalement on peut pas, a-t-il précisé, la police donne des contraventions. T'as le droit de quêter debout, mais pas assis, je dois je sais plus combien d'argent, mais ça, c'est une autre histoire. Donc, cette journée-là, à quelques semaines de Noël, un petit garçon d'à peine six ans est venu en compagnie de ses parents lui remettre sa tirelire remplie à craquer de monnaie.

— Il m'a apporté son p'tit cochon.

Arnaud a raconté à sa mère qu'il avait été ému aux larmes devant ce geste. Il n'avait pas voulu accepter ce cadeau. Il voulait bien prendre l'argent offert par un adulte, mais pas celui d'un enfant.

Les parents du garçon avaient insisté. C'était sa décision. C'était lui qui avait amassé cet argent, ça faisait plus d'une année qu'il faisait des économies et il avait décidé de les donner à un sans-abri de son choix : lui.

Arnaud avait serré la tirelire dans ses bras. Il ne savait pas s'il aurait la force de la briser pour avoir accès à son contenu.

Le garçon était reparti, content, en lui faisant signe de la main.

L'enfant-vieillard s'était retrouvé seul avec le cochon de l'enfant bienveillant.

nna et les siens avaient appelé ça «un accident» parce que personne ne trouvait un
autre mot pour qualifier cette agression.
Cette atrocité.

C'était arrivé à deux heures du matin, un vendredi. Arnaud rentrait chez lui avec sa petite amie
de l'époque. En début de soirée, ils s'étaient
retrouvés dans un bar avec leur groupe d'amis pour
décompresser après la semaine de travail. Puis les
amoureux étaient rentrés à pied. On était en août,
l'air était bon.

À quelques pâtés de maisons de leur appartement, une voiture s'était garée le long du trottoir.
Des jeunes en étaient sortis et avaient tabassé le fils
d'Anna sans aucune raison, le laissant pour mort. Son
amoureuse avait couru pour aller chercher de l'aide.

Ils avaient frappé si fort, s'étaient déchaînés avec une telle violence qu'Arnaud avait été admis aux urgences ; on avait dû lui enlever un pied d'intestin grêle, la vésicule biliaire, la moitié du foie. On avait dû faire repartir son cœur parce qu'il s'était arrêté de battre durant l'opération. Et réparer tout ce qui avait été cassé.

Anna avait retrouvé un jeune adulte en mille miettes.

Et tout ça pour rien. Gratuitement. On les avait arrêtés. Ils n'avaient pas nié. Une erreur sur la personne. Ils cherchaient à se venger. Ne trouvant pas le garçon qu'ils voulaient rouer de coups, ils avaient pris au hasard une victime qui se trouvait au mauvais endroit au mauvais moment. Et c'était le fils d'Anna, qui était en train d'embrasser sa blonde sur le coin d'une rue.

Ils voulaient tout simplement ne pas rentrer bredouilles devant leur chef et le reste de la gang, avaient-ils avoué à la police.

— C'est fou. Mais cette rage inexplicable se manifeste plus souvent qu'on pense, avait commenté un policier.

Anna était restée longtemps accrochée à l'expression « ne pas rentrer bredouille », que les assaillants de son fils avaient répétée lors de leur procès. Cette excuse ne passait pas.

À partir de là, Arnaud, qui avait guéri de ses plaies physiques, avait refusé toute aide psychologique, pensant s'en sortir seul.

Certains y arrivent. Mais pas lui.

Il s'était mis à consommer tout ce qui lui tombait sous la main. Il avait réussi à geler ces pourquoi trop énormes pour lui. Anna s'est souvent demandé ce que son fils croyait avoir tant fait pour se punir de la sorte.

Plusieurs tombent. Sous des balles, sous des roues de voiture, sous des coups portés avec violence. Certains, qui n'ont plus ni bras ni jambes à la suite d'un terrible accident qui les a laissés pour morts, ou encore qui ont perdu l'usage de la parole ou de la vue, parviennent à surmonter l'épreuve.

Pas lui…

Lorsque le fils d'Anna avait été hospitalisé à la suite de l'Accident, alors qu'il était entre la vie et la mort, sous morphine et autres opiacés qui lui faisaient parfois perdre l'esprit, il lui avait dit, un jour qu'elle était incapable de retenir ses larmes : « Tu brailleras jamais assez ! » Sur le coup, elle n'avait pas pris cet avertissement au sérieux puisque, quelques instants plus tôt, il avait dans son délire déshérité son père ! Mais elle y repensait parfois.

Anna passait ses jours et ses nuits aux soins intensifs, au chevet de son fils. Un ami qui avait lui-même vécu des moments difficiles lui avait demandé s'il lui arrivait de pleurer. Elle avait répondu qu'elle ne voulait pas que son fils la voie abattue ; la situation était déjà assez difficile, et elle devait tenir le fort, pour lui. Il lui avait répété qu'il était nécessaire d'évacuer sa peine. Elle devait vider ce trop-plein d'angoisse et de chagrin qui la submergeait.

Les rares moments où elle rentrait à la maison, épuisée, démolie, Anna se débarrassait de ses vêtements et se faisait couler un bain. Elle mettait très peu d'eau dans la baignoire et, une fois dedans, réussissait à remplir le reste avec ses larmes.

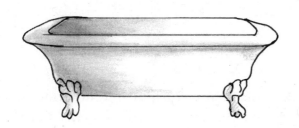

Anna pense souvent que de grands pans dans le parcours de son fils s'écrivent entre parenthèses. Tout n'est pas dit, ni expliqué, ni vraiment démontré. Les banalités du quotidien digressent dans les zones d'ombre. On retrouve, dans cette vie qui n'en est pas vraiment une, beaucoup de points de suspension, car la suite ne vient pas dans l'immédiat, tout est en devenir.

Il y a plusieurs points d'interrogation dans cette trajectoire semée d'embûches, car l'enfant-vieillard ne connaît pas toutes les réponses et espère qu'on ne lui posera pas de questions, de peur de devoir y répondre. On trouve également quelques points d'exclamation qui évoquent la surprise, l'exaspération, rarement l'admiration.

Anna se console. Au moins, dans ce parcours aty-pique, il n'y a pas encore de point final. Le sens de cette vie est encore ouvert… Mais pour com-bien de temps ?

L orsque Anna avait découvert que son fils fumait régulièrement du pot, dans ses années d'adolescence, elle avait essayé par tous les moyens de l'en dissuader. Elle savait bien qu'à cet âge-là le jugement vient malheureusement en option. D'abord, elle lui avait expliqué les pièges et les dangers d'une telle consommation. Elle le savait fragile, influençable. Elle lui avait dit qu'un petit joint de temps en temps n'était pas trop dangereux, s'il n'en faisait pas une habitude. Oui, elle en avait pris elle aussi dans sa jeunesse. Mais comme elle tentait de lui expliquer...

— Ce que les *dealers* mettent dans vos joints, tous les produits chimiques dont personne ne connaît la provenance, ça n'a rien à voir avec ce qu'on a consommé, à l'époque. Et puis on était pas mal plus âgés que vous quand on a essayé ça.

Durant cette période, le Moyen Âge fascinait Arnaud. Pour exprimer son inquiétude à l'égard de sa consommation, Anna avait tenté une image choc, espérant le toucher dans sa passion médiévale.

— Sur les cartes de l'époque, on retrouvait l'expression latine : *Hic Sunt Dracones*, « Ici sont les dragons ». Elle était utilisée pour indiquer des territoires inconnus ou particulièrement dangereux.

Sa tentative d'explication l'avait condamnée au bûcher.

— Ç'a pas rap', tu comprends rien !

Elle l'avait ensuite incité à changer d'amis, à s'adonner au sport, à apprendre à jouer d'un instrument de musique, à faire quelque chose de ses dix doigts. À consacrer son énergie à ses études, seules garantes de son avenir. Tout pour l'éloigner de cette dépendance ! Puis elle avait sévi. Plus de sorties, plus d'argent de poche. Elle était même allée jusqu'à essayer de lui faire peur : le pot brûlait définitivement des neurones, c'était irrévocable. Elle n'avait pas totalement tort.

Malgré toutes ces tentatives, il avait continué de consommer, de façon plus discrète.

Anna était convaincue que cette crise d'adolescence allait passer – mais ça ne passait pas. Ça s'amplifiait, ça s'aggravait même. Au début, elle n'avait rien vu venir. Son fils cachait bien son jeu. Elle n'avait pas été témoin au quotidien de sa longue descente aux enfers. Il ne vivait plus avec elle. Elle était quand même au courant qu'il tentait quelques expériences puisqu'il ne le niait pas. Presque tous les jeunes le font. Mais elle était loin de se douter que son fils qui volait maintenant de ses propres ailes le faisait vers les paradis artificiels les plus dangereux. Il ne se montrait pas devant elle lorsque les effets secondaires de la prise de drogues étaient trop présents. Il donnait le change.

À l'époque, il ne consommait encore que des drogues dites douces...

Un soir, elle avait suivi Arnaud en voiture. Il avait rencontré un gars tout habillé de noir et encapuchonné, à peine plus âgé que lui, qu'elle ne connaissait pas. Son fils lui avait remis de l'argent et le gars en noir lui avait tendu, en échange, un petit sachet d'herbe. Les deux adolescents s'étaient empressés de mettre leur acquisition dans leur poche de jeans.

Le fils d'Anna avait pris à droite, l'autre garçon à gauche. Anna avait suivi le vendeur sur plusieurs rues. Il était entré dans un café et, lorsqu'il en était sorti quelques heures plus tard, elle l'avait suivi à nouveau et avait découvert où il logeait.

Les journaux débordaient de nouvelles concernant des jeunes aux prises avec des drogues ;

certains étaient retrouvés morts pour avoir consommé du Fentanyl sans le savoir. Les parents étaient dévastés, et la police semblait impuissante à coincer les vendeurs ambulants, occupée avec les gros trafiquants de *crystal meth* et de cocaïne, les mafieux, les Hells Angels. Pendant ce temps, qui s'occupait des petits revendeurs qui ont l'âge de vos enfants, qui se tiennent près des écoles et fournissent de faibles quantités – dans lesquelles ils ont ajouté de quoi les rendre accros – à tous ceux qui en font la demande?

Et si les parents concernés s'occupaient du « dossier » ? s'était demandé Anna.

Le scénario était tout simple à ses yeux. Elle ne serait jamais outillée pour jouer les limiers qui poursuivent les acteurs de haut rang de la distribution de drogues, mais les autres, ceux qui font partie de vos connaissances, qui sont vos voisins, vos amis ? Il suffisait de les suivre, d'analyser leurs comportements, leurs habitudes et d'attendre la possibilité de les coincer quelque part, de mettre fin à leurs jours. Éradiquer la vermine. Qui irait soupçonner une bonne mère de famille ?

Toute la nuit durant, elle avait armé son bras vengeur pour trouver des façons d'éliminer les bourreaux de son fils et de tous les autres qui pourraient tomber dans le panneau. Avec colère, avec rancœur, avec force.

Mais au petit matin, elle savait qu'elle ne mettrait jamais son plan à exécution. Même si elle en écartait un de la circulation, il en viendrait un autre, et un autre encore.

Les histoires de drogue, c'est sans fin.

U n jour, Anna a demandé à sa psychologue ce qui, selon elle, était mieux : avoir un enfant différent ou un garçon comme le sien ?

— Différent ?

— Je ne sais pas, moi... autiste, trisomique, paraplégique...

— ...

— J'ai l'impression que toutes les autres conditions sont plus acceptables que le mal de vivre qui touche un enfant comme le mien. C'est une maladie incurable. On ne peut pas lui venir en aide, et il ne s'en sortira pas vivant.

Les failles de l'âme lui semblaient plus difficiles à traiter que n'importe quelle maladie.

Parfois, Anna essaie de comprendre la logique de son fils. Un souvenir lui revient en mémoire.

Arnaud avait à peine quatre ans. Sa garderie devait fermer ses portes pour une période indéterminée. Plusieurs enfants avaient attrapé la rubéole. Certains étaient vraiment mal en point, mais le fils d'Anna n'avait que quelques petits boutons ici et là, pas du tout de fièvre. Il était déçu de ne pas être vraiment malade, comme ses camarades.

Anna avait profité de ce congé forcé pour rendre visite à sa famille. Un après-midi, ils se promenaient, main dans la main, dans de petites rues commerçantes. Ils parlaient de tout ce qu'ils observaient. Ils s'amusaient ensemble, ils riaient.

À un moment donné, son fils s'était arrêté net. Il s'était mis à fixer un homme qui venait à leur rencontre. Anna l'avait remarqué également. La nature avait été plutôt cruelle avec lui. Son visage était abondamment couvert de rougeurs et d'acné.

L'homme semblait sur la défensive. Habitué aux commentaires malveillants et souvent méchants à son égard, il avait décelé chez l'enfant, même à distance, le regard persistant qui en disait long.

Anna aussi avait compris ce qui risquait de se produire et tentait de détourner l'attention de son fils vers une vitrine colorée. Mais Arnaud refusait catégoriquement de bouger, toujours attiré par l'homme qui s'approchait d'un pas rapide.

La rue était si étroite et bondée de gens qu'ils allaient se retrouver d'un instant à l'autre dans un face-à-face inévitable.

Anna aurait aimé mettre la main sur les yeux, sur la bouche de son fils qui était sur le point, elle le sentait, de s'adresser à l'homme, tandis que ce dernier, victime toute sa vie de remarques désagréables, foudroyait du regard le «petit morveux».

Et c'est là que c'était arrivé. Ni Anna ni l'homme ne s'y attendaient.

— Wow ! T'es chanceux, toi, t'en as beaucoup !

Troublé, l'homme avait balbutié quelques sons inaudibles, son visage était passé de la colère à l'incompréhension, de l'étonnement à la détente.

Anna aurait juré qu'il était reparti avec un sourire au coin des lèvres.

Anna se dit aujourd'hui que son fils n'utilise pas la même lorgnette que les autres pour percevoir les situations, pour en saisir le sens. Sa façon de raisonner est particulière. Il était heureux pour l'homme plus chanceux que lui d'être couvert de boutons.

— Il m'a mis à la rue... est-ce que tu réalises? lui avait-il dit.

À cette époque, il n'était pas encore *dans* la rue. Nuance.

— J'ai pu de place où rester.

Elle l'avait dépanné à maintes reprises, croyant payer son loyer; en fait, elle payait sa drogue. Cette fois, c'était trop tard. Le propriétaire, devenu frileux après toutes les promesses d'Arnaud de régler rapidement ce qu'il devait, le mettait carrément à la porte.

Arnaud était dans une colère terrible. Au lieu de faire le constat de sa négligence, il s'en prenait avec force et rage à tout le système qui ne comprenait rien.

De ces types de litanies, Anna avait coutume. Ce n'était jamais la faute d'Arnaud. Tout le monde y passait. Le propriétaire trop riche, le concierge méprisant, les voisins envieux, le gouvernement qui exploitait... Le système qui était pourri. L'Univers qui s'acharnait à joncher sa route d'embûches. Cette fois-ci, il ne lui restait plus qu'à ramasser ses affaires et à s'en aller. Mais où ? Aucun copain ne voulait l'héberger – ils vivaient tous en couple et avaient des bébés –, son ex-copine avait déjà déserté l'appartement et logeait avec sa mère. Et Anna ? Elle ne se sentait pas la force de le prendre chez elle. Heureusement, il ne voulait pas aller vivre en dehors de la grande ville.

En dernier recours, elle avait appelé des gens. Ils avaient des solutions pour elle.

Anna avait alors proposé à son fils une ou deux adresses qui pourraient lui sauver la vie. Ces endroits ne faisaient pas que loger les personnes sans ressources. Ils les aidaient surtout à mettre fin à leur enfer, à mettre de l'ordre dans leur vie. Ils les accompagnaient dans une démarche personnelle. Une cure de désintoxication.

Au début, son fils ne voulait rien savoir. Il n'avait pas besoin de ça, lui.

Après plusieurs coups de fil, plusieurs démarches auprès des maisons de cure, Anna avait dû se rendre à l'évidence. Un seul établissement dans toute la province pouvait le recevoir puisque son fils suivait un traitement de remplacement aux opiacés. Les autres centres n'avaient pas les moyens d'avoir un médecin en permanence, exigence pour les résidents prenant ce médicament.

Plusieurs mois auparavant, Arnaud avait fait une démarche pour s'en sortir. Un soir de grande détresse, il avait appelé au secours. Sa copine et lui n'en pouvaient plus. Ils touchaient le fond. Un organisme leur était venu en aide. Le fils d'Anna était suivi dans une clinique et participait à un programme de méthadone puisqu'il avait déjà consommé de l'héroïne.

Son ex-copine adhérait également à ce protocole. Elle s'en sortait plutôt bien. Elle. Lui avait continué à consommer des cochonneries de toutes sortes, à mélanger méthadone et cocktail de drogues douces et dures en alternance.

Alors qu'Arnaud n'avait plus d'autre endroit où habiter – il était inscrit malgré lui sur une liste noire de locataires mauvais payeurs –, Anna lui avait offert la possibilité de loger durant une certaine période dans une clinique où on l'accompagnerait en l'aidant à reprendre sa vie en main. Elle déménagerait son mobilier dans un garde-meubles qu'elle paierait, le temps de sa guérison. Son patron avait même consenti à lui conserver son emploi. Elle avait multiplié les appels, remué ciel et terre, orchestré toutes les démarches, elle avait trouvé tous les arguments pour le convaincre, elle en avait inventé, même. Elle voulait tellement qu'il s'en sorte.

Même si son fils résistait, un ex-consommateur lui avait dit qu'une fois sur place, même s'il se bouchait les oreilles, le message finirait par passer. Anna avait croisé les doigts.

a seule clinique de désintoxication qui pouvait recevoir son fils en cure avait un prix. Un gros prix. Prix que la secrétaire évaluait à près de 25 000 dollars pour le gîte et le couvert, la thérapie individuelle, les thérapies de groupe, les soins particuliers. La pharmacologie n'était pas comprise.

Anna était assommée. Où allait-elle trouver une somme pareille ? Et si cette cure sauvait la vie de son fils ? Elle avait un peu d'argent de côté. Pour l'achat d'une maison... Elle resterait donc locataire pendant un bon bout de temps encore, mais la somme qu'elle possédait ne suffirait pas.

À ce moment, le père de son fils venait tout juste de mourir. Cancer foudroyant. Sur son lit de soins palliatifs, il avait affirmé à Anna et à Arnaud qu'il y aurait une part d'héritage pour lui à condition qu'elle serve à une cure fermée.

Il avait donc fallu qu'Anna entre en communication avec la femme de son ex pour qu'elle l'aide à mettre ce projet de sauvetage en marche. Cette dernière semblait convaincue que cette démarche ne donnerait aucun résultat. Elle ne croyait pas beaucoup au potentiel d'Arnaud. Drogué un jour, drogué toujours! Anna avait insisté. Elle avait marché sur son orgueil. C'était une question de vie ou de mort.

Une fois les sommes réunies, Anna, les yeux noyés d'espoir, était allée conduire son fils dans une résidence où il trouverait l'aide et le soutien nécessaires pour commencer à soulager ses souffrances.

Il y était allé à reculons... mais il y était allé.

Lors de l'admission à la clinique de désintoxication, pendant qu'Arnaud visitait les lieux, le directeur avait voulu savoir si Anna connaissait le type de drogues que prenait son fils.

Elle avait demandé à son tour s'il existait une liste de toutes les drogues disponibles sur le marché.

L'homme n'avait pas semblé comprendre sa question.

— On pourrait cocher chacune d'entre elles, avait-elle répliqué.

Au lieu de s'injecter l'héroïne, il l'avait seulement «sniffée». Le mal était à peu près le même, la dépendance également, mais il s'était évité l'utilisation de seringues souillées, et au final la possibilité d'attraper le sida.

Mince consolation.

D ans cette clinique il y avait, en plus des intervenants, un psychologue, une sommité dans le domaine. Il a déclaré à Anna un peu plus tard qu'à la suite des nombreux tests qu'il avait fait passer à son fils il pouvait conclure que ce dernier était particulièrement doué.

Anna a émis quelques réserves.

— Oui, doué pour manipuler, nous embrouiller, mentir et surtout obtenir ce qu'il veut... Doué, peut-être, mais adepte de la loi du moindre effort. Il n'a rien foutu à l'école.

Alors qu'il était encore à la maternelle, Arnaud avait également passé une panoplie de tests. Une des gardiennes qui s'occupait de lui à l'occasion tout en poursuivant ses études de psychologie avait fait le même constat.

Anna opposait à ces deux diagnostics de professionnels son jugement maternel.

— Est-ce que ça vaut vraiment la peine d'être si doué, d'avoir tous les talents, si c'est pour ne rien faire avec?

L'homme a tenté d'imager ses propos théoriques.

— Il faut être fort émotionnellement et physiquement pour affronter les conditions climatiques extérieures. Il en va de même pour celles de l'intérieur. La douance prend différentes formes. Parfois facteur de réussite, tantôt cause de difficultés, parfois même source de souffrance. Arnaud est un jeune homme hypersensible. Et il ne sait pas comment gérer ses émotions, même s'il est très doué. C'est sûrement ce qui lui fait le plus peur, d'ailleurs. Alors il s'engourdit. Il ne sait pas comment gérer tout ce potentiel. S'il y a quelqu'un qui peut trouver ce dont il a besoin, pour atteindre un certain équilibre, c'est lui. Arrêtez de vous en faire, il saura toujours se débrouiller...

Puis, abandonnant sa distance professionnelle, il lui a dit avec un grand sourire :

— Vous l'avez bien élevé, le fond est bon. Il faut juste que ça remonte à la surface.

Ce jour-là, Anna l'a cru. Elle était prête à s'accrocher à n'importe quel diagnostic pour mettre un nom sur la souffrance de son fils.

Cette année-là, le fils d'Anna allait passer Noël avec son papa. Il était content. Il retrouverait sa demi-sœur et son demi-frère, ses cousins et la nombreuse parenté du côté de la nouvelle femme de son père. Ils joueraient beaucoup dans la neige. Ils iraient à la pêche sur la glace.

Anna avait préparé à l'avance le gros cadeau qu'il emporterait dans ses bagages, emballé de papier joyeux et enrubanné de belle façon. Elle n'avait fait qu'une seule recommandation : s'il ne voulait pas être déçu, il avait intérêt à ne pas secouer la boîte. Sinon il en reconnaîtrait aussitôt le contenu et n'aurait plus de surprise.

Elle savait qu'il serait ravi de ce qu'il trouverait dans le paquet.

À son retour de vacances, il avait avoué à sa mère, qui lui avait demandé : « Et alors, ton cadeau ? », qu'il n'avait pas suivi son conseil. Le matin de Noël, alors que tous les autres enfants s'étonnaient de découvrir leurs présents, lui n'avait eu aucune surprise. Il avait su, dans les jours précédents, que sa mère lui avait offert une énorme boîte de Lego, puisqu'il l'avait agitée dans tous les sens avant que son père la dépose au pied de l'arbre.

Aujourd'hui, Anna a cette drôle de pensée : fidèle à son habitude, son fils continue de secouer. Secouer les objets, les personnes. Pour savoir ce qu'il y a dedans ?

Une fois de plus, à l'hôpital. Le fils d'Anna se faisait soigner pour une cellulite. Une autre. Chaque fois, il prévenait sa mère à sa sortie. Jamais à l'admission.

Ce type de blessure est souvent causé par un manque d'hygiène. Il y a danger si la cellulite n'est pas prise à temps, car elle a tendance à résister aux antibiotiques.

Le médecin avait beau le prévenir, rien n'y faisait.

L'étape suivante s'appelait : mangeuse de chair.

L'étape ultime : l'amputation.

Ils sont très nombreux à lui donner des conseils. De nos jours, tout le monde sait tout sur tout… Chacun a connu quelqu'un qui… C'est déjà arrivé à un membre de sa famille…

Quelqu'un a dit à Anna : « Moi, à ta place, je ne m'inquiéterais pas trop, la religion va le sauver ! » Pour une fois, elle a bien ri.

— Ah ! C'est ce que tu crois… J'ai des petites nouvelles pour toi. La religion et mon fils, ça fait deux.

N'étant pas particulièrement croyants, le père et la mère d'Arnaud ne l'avaient pas fait baptiser. Ils s'étaient dit que leur enfant, lorsqu'il serait en âge de choisir, le ferait lui-même si la religion catholique ou n'importe quelle autre était faite pour lui.

Anna se souvient du premier contact d'Arnaud avec la charité chrétienne. Tout petit, elle l'emmenait durant la période des fêtes visiter des églises – surtout pour voir les crèches, comme l'avait fait son père avec elle durant son enfance. Le fils d'Anna « chuchotait fort » dans les lieux de culte. Une année, il avait été outré de voir qu'on avait laissé l'enfant Jésus « tu-nu » sur la paille. Il avait demandé à sa mère des pièces à insérer dans les mains de la statue de l'ange qu'on avait placée à cet effet. Joignant le geste à la parole, sa voix faisant écho dans le lieu saint, il avait passé sa commande pour que Marie puisse réchauffer le bébé Jésus.

— Pour des mitaines ! Pour une tuque ! Pour une couverture !

Encore et toujours au service de l'orphelin.

Aujourd'hui, c'est lui, le Jésus « tu-nu » sur la paille.

Durant la même période, un cousin d'Anna s'était marié à l'église. Ce n'était pas son premier choix ; il regrettait qu'à l'hôtel de ville on ne puisse pas jouer quelques morceaux classiques et il avait choisi l'église pour que ses amis, musiciens comme lui, fassent résonner leurs instruments dans le jubé.

Arnaud avait à peine trois ans. Anna avait toutes les misères du monde à contenir son énergie. Elle l'avait pris dans ses bras et, au moment où le prêtre qui officiait le mariage s'était tourné vers les ouailles, les bras en croix dans sa superbe chasuble colorée, Arnaud s'était écrié, ravi de trouver un divertissement :

— C'est qui le clown en avant?

Tout le monde, y compris l'officiant, avait entendu la remarque. On avait alors assisté à une pantomime, où chacun n'en finissait plus de secouer les épaules et de rire sous cape.

Anna s'était dit qu'il était peu probable que son fils devienne un fervent fidèle.

L'année dernière, il lui a annoncé qu'il s'était fait baptiser. Anna a dégluti pour mieux absorber la nouvelle.

— Tu t'es fait baptiser? Comment c'est arrivé?

— Ben... j'avais froid. Je suis entré dans une église, même pas catholique, je sais même plus de quelle religion c'était. Ils offraient des beignes et du café. J'ai été m'asseoir sur un banc. C'était calme. Ça sentait bon. J'ai aimé ça. Puis un prêtre noir – ils étaient tous noirs, avait-il ajouté – est venu me parler. Y m'a demandé si j'étais baptisé. Si je croyais en Dieu. Je lui ai répondu que je lui parlais des fois.

Alors Arnaud avait accepté sa proposition. Il s'était dit que ça ne lui ferait sûrement pas de mal. On l'avait plongé dans l'eau. Et on lui avait dit que le Saint Esprit et les flammes de la connaissance allaient tomber sur lui.

Il les attend toujours, semble-t-il.

Anna ne sait plus à quel saint se vouer. Quel Dieu invoquer. Qui supplier. Elle a fait le tour de ses connaissances religieuses. Elle a imploré, les yeux vers le ciel et les mains jointes, tous les membres de sa famille décédés. Les parents et amis de ses connaissances également.

Une nuit, elle prie l'Univers. Elle lui demande de prendre soin de son fils puisqu'elle-même n'y arrive pas.

— Aidez-le, je vous en supplie. Je vous le confie. Protégez-le ou prenez-le avec vous.

— Votre fils ne veut pas vivre tant que ça. Il marche en permanence sur le fil de fer ténu de sa vie, tendu au-dessus d'un gouffre immense et sans fond. Il jongle avec les balles qui représentent ses talents, son intelligence, sa sensibilité. Toutes ses possibilités. Toutes celles qui s'offrent à lui, celles que vous lui présentez, pour son mieux-être, son confort, sa survie.

Anna a fait remarquer à la psychologue que son fils laissait souvent tomber ses balles. Elle a ajouté que, bientôt, il n'aurait plus rien dans les mains. Il allait tomber lui aussi.

Sa psychologue a rétorqué, avec toute la douceur du monde, qu'elle était désolée pour Anna, mais que son fils était déjà tombé.

— Vous vivez beaucoup d'impuissance.

Devant le silence prolongé d'Anna, elle a ajouté avec délicatesse qu'en tant que mère elle ne pouvait rien pour lui.

C'est ce que lui avait également dit l'intervenant lorsqu'elle avait tenté de trouver un appartement supervisé. « Ma pauvre madame ! Vous êtes la moins bien placée pour l'aider. Laissez-nous faire. On connaît la chanson. Moi, avant d'être travailleur de rue, j'étais dans la rue. Je sais de quoi je parle. »

Anna lui avait fait confiance. Il savait effectivement de quoi il parlait. Il avait été généreux de son temps, protecteur, plein de ressources. Il avait tout tenté pour Arnaud, lui aussi.

— Votre fils est incapable de prendre ce qui lui est offert, a suggéré la psychologue. Ça doit venir de lui.

— Mais quand ? Quand ? a demandé Anna, découragée. Le temps presse. La vie va si vite. Il n'a plus beaucoup d'années devant lui…

— Votre fils est lent, c'est vous qui me l'avez dit. Laissez-lui du temps. Les escargots ont besoin de temps.

— Et s'il n'y arrive pas ?

— C'est possible aussi. Il faut vous y préparer.

Anna s'était étiré le cou. Elle avait bousculé un peu les gens qui l'entouraient. Elle avait besoin de le voir arriver. Son fils serait là dans quelques minutes. Comme il faisait partie des enfants qui voyageaient seuls, il apparaîtrait parmi les premiers au sortir de la guérite. Une hôtesse l'accompagnerait en poussant le chariot contenant son énorme valise.

Il était là. Brave petit passager, orné d'une carte d'identification au cou, qui revenait au pays après une année à l'étranger.

Pour Anna, cette pièce d'identité était bien inutile. Elle l'aurait reconnu entre mille. Il avait toujours ses boucles de miel, ses yeux rieurs, sa bouche gourmande. Comme il avait grandi! Comme il était beau!

Il y avait eu les multiples embrassades, puis Arnaud avait voulu montrer les surprises qu'il avait rapportées à sa mère. À peine franchie la porte de leur maison, il ouvrait la grande valise où s'étalait, sur les vêtements bien pliés, une branche de citronnier à laquelle étaient encore attachés de beaux fruits jaunes.

Anna s'était étonnée. Comment ces citrons avaient-ils pu passer la douane ? Arnaud n'était pas peu fier de raconter à sa mère ce qu'il avait dit au douanier lorsque celui-ci avait inspecté le contenu de son bagage.

— Je lui ai dit, au monsieur, que ça le regardait pas. Que c'était une surprise pour toi ! Y a refermé la valise.

Ces citrons avaient le goût du bonheur.

Anna a finalement accepté l'invitation, après plusieurs refus. Elle n'avait plus d'excuses valables. Elle sait déjà qu'elle n'aurait pas dû. Ils sont tous là, réunis autour de l'îlot de la cuisine, des gens formidables qui ont insisté pour qu'elle sorte un peu de chez elle. «Un petit 5 à 7 avec des gens charmants. Ça va te faire du bien de laisser ta machine à coudre!» Anna serre son verre de vin entre ses mains. Elle s'est plaqué un sourire d'usage sur les lèvres, mais demeure sur ses gardes. Elle les connaît, ces personnes bien intentionnées! Elle les voit venir avec leur sujet de prédilection.

Comme prévu, le bal commence. C'est à qui déposera dans la conversation le plus de superlatifs sur sa progéniture, avec les joues en feu, les yeux brillants, la lèvre humide – et le vin n'a rien à voir avec leur enthousiasme débordant. Anna connaissait bien ce sentiment pour l'avoir éprouvé à quelques reprises. Il y a longtemps. Chair de poule devant une chorale de petits, yeux remplis d'eau et «motton» dans la gorge à la suite d'une pirouette réussie, d'un coup de patin audacieux, d'un saut périlleux en ski...

«Nico a été admis dans une Grande École, tu te rends compte!»

«Mélodie vient de passer un concours d'architecte. Si tu savais le salaire qu'on lui a offert... Inimaginable!»

«Paul-François a gagné l'argent aux Jeux olympiques. On est tellement fiers! L'or, c'est pour dans quatre ans.»

«Joëlle est retenue à *The Voice*, en France. Tu devrais la voir! Une vraie star!»

«Marie-Octobre est enceinte. Elle attend des jumeaux. On va être grands-parents! On capote!»

Puis quelqu'un s'informe auprès d'Anna.

— Et le tien? Ça lui fait combien, maintenant? Il a le même âge que Charlot et Nat, non?

Où est la sortie de secours?

Certains jours, il n'y en a pas. Alors elle invente une vie de rêve, elle aussi.

Depuis qu'il vit dans la rue, Arnaud a demandé à plusieurs reprises à sa mère si elle avait honte de lui.

Une fois, Anna a eu le courage de répondre :

— Honte ? Non. C'est la vie que tu as choisie. J'ai plutôt hâte d'être fière de toi.

E lle a envie de tout envoyer promener. Faire valdinguer les ciseaux dans le mur, «garrocher» la machine à coudre par la fenêtre.

Le fil casse, les épingles entrent dans sa chair lorsqu'elle tente de les faire pénétrer dans le tissu, elle se pique. Elle n'arrive à rien, elle échappe les ciseaux, elle saigne.

Mais qu'est-ce qu'elle ne fait pas comme il faut ? La surjeteuse s'obstine à se désenfiler. Les fils se brisent une fois de plus. Elle s'entête, elle se concentre, elle risque une autre tentative. Elle revoit mentalement l'installation : on passe le premier fil dans cet œillet, puis dans le suivant, on enfile. On arrive au deuxième fil qui demande autant de précision ; au troisième et au quatrième, l'opération est aussi délicate.

Maintenant, il ne lui reste plus qu'à enfiler les deux aiguilles. Elle n'y voit plus rien. Après plusieurs essais, elle parvient finalement à glisser les fils dans le chas des aiguilles. Elle est en sueur. Elle appuie sur la pédale. Ça ne fonctionne pas. Les fils, bien qu'elle les ait coordonnés, refusent toujours de lui donner ce point de finition nécessaire à son ouvrage.

Qu'est-ce qu'elle a oublié, en cours de route?

Avec son fils aussi, elle a pourtant respecté la marche à suivre. Beaucoup d'amour, une présence constante. Bien sûr, quelques règles obligatoires, un certain contrôle, un peu de lâcher-prise. Un accompagnement éclairé, des discussions, et encore de l'amour. Mais rien n'a marché. Qu'est-ce qu'elle a fait de travers? Quelle est sa responsabilité dans ce désastre?

Anna voudrait un fils normal... qui l'aimerait, ne serait-ce qu'un peu. Elle ne demande pas souvent pour elle-même, elle se contente de ce qu'on lui offre.

Néanmoins, elle se questionne : comment serait-il capable d'amour pour quelqu'un d'autre, même sa mère, sa «Mamita» comme il l'appelait autrefois, alors qu'il est incapable d'en avoir pour lui-même?

Plus que tout au monde, ce soir, elle aimerait se redresser pour atteindre l'amour de son fils, rejoindre son épaule, y déposer sa tête une seconde. Se hisser vers lui pour avoir quelques miettes d'amour. De l'amour sur la pointe des pieds.

Ils ne s'étaient jamais bien entendus. Les chicanes avaient souvent explosé. Surtout à l'adolescence. Ces deux-là, qui pourtant se ressemblaient tant physiquement – même corps long et maigre, même mains, même démarche, même allure –, étaient diamétralement opposés sur à peu près tous les sujets. Ils n'envisageaient absolument pas la vie de la même façon.

Le père d'Arnaud avait une sainte horreur de tout ce qui n'était pas conforme à la norme. Il avait même déjà dit à Anna que leur fils présentait tout ce qu'il détestait chez un humain. Elle avait gardé cet aveu pour elle. Le père était archisévère avec son fils. Anna se croyait obligée de compenser cette dureté. Depuis l'Accident, les téléphones étaient brefs, les visites peu courantes. Son père était convaincu qu'Arnaud aurait dû être guéri de son traumatisme depuis longtemps.

« Tu viendras chez nous quand tu seras à jeun », lui lançait-il. Et comme Arnaud était rarement sobre…

Et puis, il y avait quelques années à peine, le père d'Arnaud avait reçu le diagnostic d'un cancer foudroyant. Arnaud s'obstinait à ne pas aller le voir.

« J'ai raté mon père, ne rate pas le tien », lui répétait Anna, avant d'ajouter que sa vie ne tenait qu'à un fil. C'était maintenant ou jamais.

« J'ai le temps, y est pas si malade que ça ! »

Anna savait qu'il avait tort. Elle s'était présentée un matin à l'appartement de son fils, avec un grand café et des croissants, bien décidée à l'emmener auprès de son père, qui vivait ses dernières heures dans un centre de soins palliatifs. Arnaud avait protesté, bien sûr. Elle avait rétorqué qu'elle conduirait, qu'il n'aurait qu'à déjeuner et à dormir puisque le trajet serait assez long.

— Toi, qu'est-ce que tu vas faire pendant que je vais être avec lui ?

— Ne t'occupe pas de moi, il y a des salles de repos à l'hôpital, j'ai apporté du travail de couture que je peux faire à la main et de quoi lire…

— J'ai rien à lui dire.

Anna, déterminée, avait répliqué qu'il n'aurait qu'à écouter son père.

Ces deux-là se sont longuement parlé, ont pleuré ensemble. Le fils et le père ont fait la paix. Et dix jours plus tard, l'ex-mari d'Anna et papa d'Arnaud quittait ce monde. Ils avaient assisté ensemble à son enterrement. Arnaud n'avait pas pu prendre la parole. C'était au-dessus de ses forces. L'enfant était dévasté, le vieillard saccagé.

« Et avec les homme, comment ça vas ? » C'est ce qu'avait écrit Arnaud à sa mère lorsqu'il vivait à l'extérieur du pays avec son père. Son fils semblait impatient qu'Anna trouve preneur étant donné que son père avait, depuis leur séparation, une femme et deux autres enfants. Il avait, par contre, précisé dans sa missive qu'il aimerait mieux qu'elle n'ait pas d'autres enfants, il avait suffisamment d'un demi-frère et d'une demi-sœur.

Anna avait bien essayé de suivre le conseil de son fils et de trouver quelqu'un pour refaire sa vie, mais personne n'avait semblé tenté de partager son quotidien.

Et depuis l'accident qu'Arnaud avait subi à ses dix-huit ans, elle avait réalisé que peu d'hommes s'approchent des femmes qui ont le regard noyé en permanence, indice qu'elles traînent un enfant à charge. Un enfant-escargot.

L a sonnerie du téléphone réveille Anna en sursaut. Elle tente de retrouver ses esprits qui s'étaient envolés, pour une fois, vers des contrées paisibles. Elle se précipite vers l'appareil toujours à portée de main, sur la table de chevet.

— Allô? Allô?

— Euh... Oh! Désolé madame, j'me suis trompé de numéro.

Et l'interlocuteur raccroche.

Anna, essoufflée par l'effort, l'angoisse, tient encore l'appareil.

— Gros con! murmure-t-elle entre ses dents.

La peur est là, oppressante, constante depuis que son fils vit dans la rue. La peur qu'une nuit un policier lui demande au bout du fil d'une voix navrée si Arnaud Emond est bien son fils.

La peur que ce même policier se racle la gorge, cherche ses mots pour lui annoncer ce qu'elle redoute depuis toutes ces années, plus que sa propre mort. « Il a été retrouvé sans vie dans une ruelle. » « Il est mort de froid, assis contre une vitrine. » « On l'a ramassé dans une piquerie, une aiguille enfoncée dans le bras. On est arrivés trop tard. » Puis il y a l'autre éventualité : un appel en pleine nuit d'un grand insignifiant, complètement distrait, soûl ou en perte de mémoire avancée, qui a mal aligné les chiffres sur son téléphone, qui s'excuse platement d'avoir composé un mauvais numéro, qui ne s'est absolument pas rendu compte qu'il vous a arraché le cœur de la poitrine en appelant chez vous en pleine nuit et qu'il a oublié, avant de refermer la ligne, de vous le remettre en place.

Anna doit parfois se rendre au centre-ville pour faire l'achat de tissus ou pour rencontrer des clients qui ont besoin de ses services. Elle s'arrange le plus souvent pour trouver et les clients et le matériel nécessaire dans sa banlieue. Parfois, elle n'a pas le choix.

Avant, elle adorait traverser le pont.

Plus maintenant.

Lorsqu'elle s'approche de la ville, la tension s'installe dans ses mains qui agrippent le volant. Sa mâchoire se crispe. Elle serre les dents, cherche sa salive.

Et lorsqu'elle doit freiner à l'approche d'un feu rouge, elle étouffe. Ses yeux s'affolent. Elle les voit arriver de partout, ils viennent se coller contre la vitre de sa voiture. La panique s'empare d'elle.

Son cœur s'agite dans sa poitrine. Elle tente de se calmer, prend de longues inspirations. Rien n'y fait. La lumière est toujours au rouge. Elle ne peut pas s'enfuir.

Elle les redoute, ces gobelets de polystyrène qui se retrouvent le plus souvent entre les mains des buveurs de café, mais également entre celles de ces hommes et ces femmes qui quémandent un peu de monnaie, en disant que c'est pour manger ou – certains osent l'admettre – pour se «shooter».

Anna est convaincue qu'un jour celui qui lui tendra son gobelet blanc sera son fils.

Elle en mourra.

Pas de honte.

De chagrin.

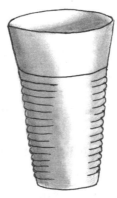

Pourtant, tout avait été bien pensé, orchestré depuis le premier jour. L'accompagnement vers l'âge adulte et les échanges éclairés étaient adéquats, prometteurs.

Il avait été logé, nourri, blanchi, aimé comme il se doit.

Il y avait eu de la fierté, des disputes, des réconciliations.

Des chats en permanence.

Des heures à rêver.

Des « tu ne me comprends pas ». Des regards noirs.

Une élocution monosyllabique.

Puis des câlins de moins longue durée, mais des sourires complices.

Des réflexions sur les enjeux de société, de la contestation, des conversations sérieuses sur des sujets importants.

Des rires pour rien.

Des allures de «grand insignifiant» au réveil.

Il y avait eu l'achat de skis, d'une planche à roulettes, de grands vélos qui disparaissaient souvent.

Des cours de saxophone, de natation, de ski, d'anglais; de l'aide pour les devoirs.

Il y avait eu du respect, des secrets protégés, les premiers baisers en cachette.

Et puis les premières cigarettes.

Des chansons plein la maison, de la musique étrange et tonitruante, des lectures aussi. Des weekends de films d'horreur ou de rires faciles.

Des nuits blanches, des jours sombres.

Mais aussi des samedis pour transporter les copains, des dimanches à recommencer, des soirées de permission de minuit. Des nuits à s'inquiéter.

Des bougies à souffler, des présents sous l'arbre, des surprises en passant.

Des grands-parents, des tantes et des oncles. Des cousins. Beaucoup d'amis. Une belle-maman, un demi-frère, une demi-sœur et un gros chien. Des parents aimants, présents.

Et puis une grande bibliothèque, toujours accessible, un jardin pour flâner, s'évacher avec les copains et surtout les copines.

Des journées à refaire le monde.

De longues séances devant le miroir, des douches interminables.

Du charme à revendre.

Des heures au téléphone.

Des amis musiciens qui pratiquent dans le salon, des adultes en visite, des grosses bouffes, des échanges, de grandes fêtes, des gens d'autres cultures, d'autres origines, d'autres orientations sexuelles.

Des promenades au musée, des sorties au théâtre et au cinéma.

Des copains et des copines qui dorment à la maison.

Il y avait eu l'achat de condoms, des réponses aux grandes questions.

Des doutes, de grandes peines d'amour à consoler.

Des milliers de «je t'aime», des encouragements à répétition.

Des voyages à Paris, à New York, au Costa Rica, en Tunisie, en Caroline du Nord, au bord de la mer.

Le départ de la maison vers son propre appartement. De l'aide, du transport. De la joie, de part et d'autre.

De l'amour, de la tendresse…

Et puis il y avait eu l'Accident.

Quatre jours. C'est ce qu'il lui avait offert. Il avait envie de se retrouver chez elle entre Noël et le jour de l'An. Quatre jours.

Ce n'était pas énorme, mais c'était beaucoup. Il aurait la chambre d'amis douillette, avec, en prime, un chat ronronnant à ses pieds. L'accès à une douche ou à un bain chaud. Un endroit pour laver ses vêtements. Les mets qui lui feraient envie. Des plats chauds, réconfortants, savoureux. Tout sauf des sandwichs. Puis sa mère l'emmènerait magasiner. Il n'avait plus de sous-vêtements, de pantalons chauds et imperméables. Il lui fallait des cotons ouatés. Des semelles épaisses pour ses bottes défraîchies.

Ça avait été un pur bonheur. Il n'avait jamais été aussi présent, éveillé. Lors de ses visites précédentes, Anna s'était trouvée en présence d'un véritable zombie. Il dormait sans arrêt, ne parlait pas, ou alors laissait éclater sa colère. Il fallait, dans ces moments-là, éviter toute discussion. Il hurlait sa rancœur, sa haine envers tout un chacun. Le gouvernement, surtout. Ou encore il se levait de table, le regard noir, et allait se recoucher.

Pas cette fois-là. Il y avait eu entre eux des yeux allumés, beaucoup de douceur et des rires un peu timides, mais des rires. Ils avaient parlé de presque tout, avaient cuisiné ensemble ; il avait aidé à mettre la table, à remplir et vider le lave-vaisselle. Des petits gestes du quotidien, des attentions. Il avait un peu raconté sa vie, comme une histoire heureuse, pleine de péripéties, de gens généreux qu'il croisait parfois et parsemée d'instants chaleureux. Jamais il n'abordait les sujets délicats : la solitude, le froid, l'indifférence des gens, la précarité.

Anna avait écouté. Posé quelques questions du bout des lèvres. Elle ne voulait pas le brusquer. Elle avait vraiment envie de comprendre. Mais surtout, elle était en état de choc. Elle se pinçait régulièrement. Elle avait l'impression de retrouver son fils durant ses belles années. Elle reconnaissait sa générosité, son sens de l'humour, ses émotions à fleur de peau.

À des amis qui lui demandaient si Arnaud s'informait de sa vie à elle – Allait-elle bien ? Avait-elle beaucoup de travail ? Voyait-elle des gens ? Est-ce que sa santé était bonne ? Avait-elle un compagnon ? –, ce qu'il ne faisait pas, elle leur répondait qu'elle n'attendait rien de lui. Ainsi, elle n'était pas déçue.

Elle acceptait le fait qu'il ne donnait que ce qu'il pouvait.

Elle se rappelait une publicité dans laquelle une infirmière faisait le point avec une mère sur son fils trisomique. « Il va marcher, parler, vous aimer énormément. Il ne vous donnera que ce qu'il a la capacité de vous donner. »

C'est ce qu'Arnaud avait fait durant ces quatre jours. Anna avait été en contact avec la douceur de son fils, celle d'avant, celle qui lui plaisait tant. Ce regard d'il y avait longtemps, promesse d'un avenir formidable.

Y avait-il espoir que ces jours reviennent ? Elle n'en avait aucune idée.

Mais ces quatre jours avaient existé dans leur vie.

Ils s'étaient donné rendez-vous dans le quartier de la ville où il se tenait le plus souvent. Comme elle n'avait aucune façon de le joindre, elle devait attendre ses appels. Elle lui avait bien procuré, ces dernières années, deux ou trois téléphones cellulaires afin de ne pas briser le seul fil qui les réunissait, sorte de cordon ombilical qu'elle n'arrivait pas encore à couper. Au rythme où les appareils avaient disparu, elle en avait conclu que son fils s'était empressé de les vendre, tout en prétextant qu'il les avait perdus ou encore qu'on les lui avait volés.

Elle ne l'a pas reconnu, ce jour-là. C'était qui, ce vieux bonhomme à la barbe toute blanche? Au dos courbé? Elle lui a emboîté le pas. Il a choisi l'endroit où ils iraient manger. Un boui-boui qui servait de la cuisine méditerranéenne. Il était gentil, affable, poli.

Son fils l'a même présentée au personnel.

— C'est ma maman. Ma petite maman.

Il lui a raconté qu'il avait ses habitudes dans ce café. Le soir, au moment de la fermeture, il venait aider. Il desservait les tables, nettoyait un peu et, en échange, les serveurs lui préparaient des restes à emporter. Il était très fier de lui dire cela. Il avait besoin de lui prouver qu'il se débrouillait.

Anna ne savait pas si elle devait se réjouir ou être découragée par cette éclaircie dans une vie de misère.

— l a encore son regard de quinze ans, a-t-elle avoué un jour à la psychologue. Et il agit comme tel. Il me demande tout le temps s'il fait bien les choses, il attire mon attention pour que je lui donne mon assentiment.

— Il a quel âge déjà?

— Quarante-deux ans cette année.

— C'est encore un ado dans sa tête.

La psychologue a expliqué à Anna que son fils n'avait pas vraiment évolué. Tout tournait encore autour de son propre univers.

— Quand les jeunes consomment en bas âge… vous m'avez dit qu'il a commencé vers l'âge de treize, quatorze ans… eh bien ils hypothèquent sérieusement leur avenir. Pour pouvoir relever les défis associés à l'âge adulte, le cerveau doit franchir certaines étapes de développement neuronal. À cet âge, leur cerveau n'est pas encore formé entièrement. Il leur manquera toujours cette partie qui leur permettrait de mûrir, de prendre des décisions. Ils s'exposent également à un développement cérébral altéré. Ils vont agir toute leur vie comme des adolescents. C'est pourquoi les spécialistes de la santé mentale sont si inquiets par rapport à la légalisation de la marijuana.

Ce jour-là, elle lui a exposé la théorie de l'enfant Moi-Monde avec des mots simples.

— Lorsqu'un enfant naît, il est entièrement tourné vers le sein de sa mère. C'est ça, son monde. Ensuite, c'est sa mère qui occupe toute son attention. Il la cherche constamment de l'œil, si elle n'est pas présente dans son environnement immédiat, il crie pour attirer son attention, pour la faire venir à lui. Chez certains enfants, l'étape du Moi-Monde n'est jamais dépassée. Tout lui est dû, tous ses besoins doivent être comblés par les autres, tout doit tourner autour de lui. Moi, moi, moi.

Ce jour-là, Anna a compris que, depuis plusieurs années, son fils conjuguait sa vie uniquement à la première personne du singulier. Même si elle n'y tenait pas vraiment, il avait fait d'elle son complément d'objet direct.

Anna se trouve devant une phrase de Sénèque qu'une amie a apposée sur son réfrigérateur : « La vie, ce n'est pas attendre que l'orage passe. C'est apprendre à danser sous la pluie ! » Anna a mal aux pieds après tous ces pas de chat, ces battements, ces soubresauts, ces pliés, jetés, fouettés, arabesques, pirouettes, ronds de jambe et grands écarts qu'elle a dû exécuter au fil des ans dans cette valse hésitante, ce pas de deux périlleux avec son fils comme partenaire.

Elle n'en est pas à sa première chorégraphie, elle n'est pas née de la dernière pluie, mais tous ces orages qu'elle a dû affronter, toutes les larmes versées jusqu'à ce jour, l'ont laissée trempée jusqu'aux os.

U n jour, Anna a demandé à son fils s'il n'était pas déprimé de cette vie.

— Ouin… des fois, lui a-t-il répondu.

— Tu n'es pas tanné de te brûler la cervelle ? Tu n'aurais pas envie qu'il te reste quelques neurones ? Pour réfléchir, agir. Je ne sais pas, moi… Tu as essayé à peu près tout ce qui existe comme drogue, non ?

Il a eu un petit sourire amusé. Comme si la chose pouvait être normale, à la limite cocasse. Un fait d'armes, un exploit.

— Oui… J'ai pas mal tout essayé.

— Est-ce que ça t'a rendu plus heureux ?

— Pas vraiment, non.

— Tu n'aurais pas envie d'essayer sans ?

Il l'a regardée longuement sans réagir.

Arnaud servait de guide à sa mère. Il n'était pas peu fier de lui montrer le coin de trottoir devant la pharmacie où il avait l'habitude de s'installer pour mendier.

— Est-ce que tu sais que ça rapporte plus de quêter que de gagner sa vie avec un p'tit boulot ? Y a des fois où je ramasse des pinottes. Mais y a des journées où j'arrive à empocher au moins 80 dollars !

Non, Anna ne le savait pas. C'était beaucoup plus qu'elle ne réussissait à gagner en une journée.

Il a ajouté que, comme il était poli, avenant et qu'il savait dire merci et au revoir – « Tu vois, tu m'as bien élevé » –, les gens étaient généreux avec lui.

Puis il s'est tourné et a désigné un gros édifice de l'autre côté de la rue. C'était un immeuble qui abritait les locaux d'une université.

— C'est là que je dors.

Son fils lui a raconté que, la nuit venue, au lieu d'aller se doucher, manger et dormir dans une mission ou un abri, il marchait jusqu'au petit matin. Il tenait le coup, comme il disait. Il quêtait à la sortie des bars, il s'arrêtait parfois acheter une boisson chaude ou une soupe dans un café. Puis, au lever du jour, il prenait la direction de cet édifice. On le laissait entrer, c'était un lieu public. Il s'installait pour dormir dans un placard à balais. Comme le ménage avait été fait durant la nuit, les gens de la sécurité ne l'importunaient pas. Ou alors il dormait sur un banc, dans le hall, ou encore dans le métro. Mais, le plus souvent, c'était dans le placard à balais.

Il a mentionné que, peu de temps auparavant, il avait déniché un immeuble à logements en attente de réparations. Comme il avait nettoyé le terrain devant l'édifice et trouvé un trousseau dont une des clés permettait d'ouvrir la porte principale, il avait reçu du propriétaire la permission de dormir au milieu des débris, à l'abri des intempéries. Cela avait duré quelques mois.

De ça non plus, Anna n'était pas au courant. Maintenant elle savait.

Elle a parfois l'impression que son enfant agit comme les petits de deux ans qui, n'obtenant pas tout de suite ce qu'ils désirent, se jettent par terre en hurlant. Certains vont jusqu'à se frapper la tête au sol. On a beau les réprimander, tenter de les raisonner, leur faire des promesses, les amadouer avec des récompenses, essayer par tous les moyens de les calmer, tirer de toutes nos forces sur leur bras pour les relever... rien n'y fait. Ils se transforment en ver de terre. Ils n'ont plus ni bras ni jambes. Et pas de cervelle. Ils vous glissent des mains. Ils ne bougeront pas de là, ils vont rester allongés au sol tant qu'ils n'obtiendront pas ce qu'ils veulent.

Tantôt en invertébré, tantôt en colère. Mais au sol.

Mais qu'est-ce qu'ils veulent au juste ? Eux-mêmes ne semblent pas le savoir.

Peut-être que, si l'on s'éloigne assez d'eux, après un certain temps, ils vont réaliser qu'on n'y est plus. Qu'ils sont seuls au monde. Alors là, peut-être... Peut-être qu'ils vont se relever tout seuls.

l lui avait donné un coup de fil. Après un long silence de plusieurs mois, cette fois-ci encore. Il semblait éveillé, de bonne humeur même. Il lui avait demandé s'il pouvait la voir. Après tout, ce serait Noël dans quelques jours. Puis il avait précisé qu'il s'était fait voler son sac à dos, mais de ne pas s'inquiéter, il en avait trouvé un autre, pas aussi bien que celui qu'il possédait, mais que ça pouvait faire l'affaire.

— Heureusement que j'ai les bottes que papa m'a données. J'espère qu'elles vont tenir jusqu'au printemps.

La psychologue avait prévenu Anna à maintes reprises :

— Pas d'argent. Ne lui donnez jamais d'argent. Ça lui brûle les doigts. En deux jours, il n'aura plus rien. À la limite, offrez-lui des vêtements chauds, de quoi se chausser, des gants…

Au bout du fil, son fils avait vivement protesté.

— Non, non. Pas de mitaines ni de tuques. J'en ai reçu je ne sais plus combien. J'arrête pas d'en donner aux sans-abri.

Son fils parlait des autres sans domicile fixe comme si lui ne faisait pas partie de cette communauté depuis plus de deux ans.

Il lui avait expliqué que, durant la période des fêtes, les gens étaient particulièrement généreux. Bonnets, foulards, gants, mitaines et chaussettes étaient légion. Parfois un manteau, quelquefois même de la nourriture.

— Il y a une dame, dans le coin où je quête, qui vient avec sa voiture. Elle a installé un genre de réchaud dans son coffre et elle nous sert de la tourtière. Y a d'autres personnes qui donnent des beignes, des sandwichs, des coupons de restaurant.

Après avoir raccroché, Anna était partie illico acheter des collants et des t-shirts que les skieurs enfilent sous leurs combinaisons, quelques gros chandails et deux pantalons en coton épais, un manteau avec une grande capuche qui pouvait tenir au chaud sous des températures sibériennes et était parfaitement imperméable. Le vendeur lui avait assuré que ce genre de vêtements était conçu pour les ouvriers qui travaillent sur les chantiers ou sur les routes.

— Exactement ce dont mon fils a besoin, avait conclu Anna.

— Il fait quoi? s'était informé gentiment l'employé.

— Il passe sa vie dehors... avait-elle déclaré. Formule habile pour ne pas avoir à donner d'explications.

— Il est chanceux d'avoir une mère comme vous. Ma mère ne m'a jamais fait ce genre de cadeau.

Anna avait rougi et avait songé que, à la différence de son fils, le vendeur pouvait s'offrir ce genre de manteau.

En attendant leur rencontre, les gros sacs s'entassaient dans le coffre de sa voiture.

Chaque fois qu'Anna s'apprêtait à le revoir, elle était nerveuse. Elle ne savait jamais à quoi s'attendre. Puisqu'il ne logeait plus dans une mission ou un abri pour les gens de la rue – dans ces endroits, elle pouvait toujours laisser un message –, Anna n'avait aucun moyen de le joindre si lui ne faisait pas l'effort de l'appeler. Elle avait réalisé que, lorsqu'il appelait pour la voir, c'était qu'il se sentait capable de quitter ses limbes. Il n'était pas complètement gelé ou intoxiqué. Il faisait un effort. Quelquefois, il se présentait douché, la barbe faite et les cheveux coupés. Mais pas toujours. Entre les appels téléphoniques et les visites, il pouvait s'écouler tellement de temps et se passer tellement de choses! Ces rendez-vous avaient des allures de *blind date*.

Ils s'étaient donné rendez-vous dans un café de la gare d'autocars. Ils pourraient y prendre un petit dîner et un café chaud. Elle s'est retrouvée devant un vieil homme. Son fils portait une barbe devenue toute blanche, tandis que ses cheveux étaient encore noirs. Son ventre rebondi, son dos courbé, ses joues rougies par le froid faisaient de lui un gros père Noël. Même si les cheveux blancs étaient apparus prématurément sur sa tête, c'est Anna qui avait l'âge du poivre et sel, pas lui. Elle s'est rendu compte, tout à coup, que la vie décatissait le fils et la mère au même rythme.

Heureusement, il l'avait prévenue qu'il avait pris un peu de poids. Les vêtements qu'elle s'était procurés seraient de la bonne taille.

Son regard était aussi fuyant que d'habitude. Il la regardait rarement dans les yeux. Par contre, le sourire était toujours présent. Un sourire qui répétait le même refrain : « Ne t'inquiète pas, je me débrouille. »

Il était enchanté de son cadeau de Noël. Elle a suggéré qu'il aille essayer les vêtements dans la salle de bain de la gare. Elle avait gardé les étiquettes, au cas où. Elle commanderait en attendant. Il avait fait son choix. Anna se contenterait d'un café, elle se sentait incapable d'avaler une seule bouchée. Il est revenu de son essayage ravi. Tout lui allait. À la rigueur, il roulerait le bord des pantalons trop longs.

Elle a eu le réflexe de lui proposer de faire elle-même les ourlets – après tout, c'était son métier –, mais s'est retenue à temps. *À quoi bon ? Il vit dans la rue.*

Il a d'abord mangé avec appétit. En trois bouchées, son sandwich a été englouti. Puis il a ralenti la cadence. Elle ne pouvait s'empêcher de regarder ses doigts noircis, ses ongles rongés où la saleté s'engouffrait. Une fraction de seconde, elle s'est accrochée au souvenir de son fils enfant. À l'odeur si particulière de sa nuque fine où, à l'époque, les boucles châtain clair se bousculaient en bataille. Une odeur surette et sucrée à la fois. Unique. Elle n'arrêtait pas d'y enfouir son nez. Aujourd'hui, elle peine à s'approcher de lui. Ses vêtements, sa peau, toute sa personne ne dégagent qu'un parfum de cendrier, d'usure.

Puis Arnaud a fouillé dans ses poches à la recherche d'un pilulier. Il a étalé sur sa serviette en papier pas moins d'une dizaine de comprimés. Il en a pris une poignée, les a presque tous fait passer avec une gorgée de boisson gazeuse. Puis il a fixé une gélule rose restée près de son assiette.

— C'est nouveau, ça. Je suis obligé de le prendre.

Il y avait de la colère dans sa voix.

— C'est pour quoi ? lui a-t-elle demandé doucement.

— Ben... C'est un genre de calmant. C'est... c'est parce que j'entends des voix. Ça fait pas longtemps, mais...

Son fils a fini par avaler le cachet.

Pour sa part, Anna a dégluti lentement. *Il entend des voix...*

Après cela, il s'est assombri d'un coup. Comme s'il était soûl. Il s'est mis à pleurer. Ça n'arrivait pas souvent. Pas en la présence d'Anna, en tout cas. Il a dit qu'il n'en pouvait plus du froid, de l'indifférence des gens. Que si seulement il pouvait trouver un endroit où dormir en paix... Pas un refuge, un petit appartement à lui, où on ne tenterait pas de l'agresser, de lui voler le peu qu'il possédait...

C'était la première fois qu'Anna le voyait si dévasté. Il avait toujours assumé sa condition. « *C'est pas si pire. J'me débrouille, j'me débrouille.* »

Mais là... il se laissait sombrer devant elle.

Anna ne pouvait pas le laisser comme cela. Elle lui a proposé de venir chez elle. Il a refusé. Que faire alors ?

Puis elle s'est souvenue de la personne qui l'avait aidée lors de sa recherche d'une clinique pour la cure de désintoxication. Après vérification, elle a réalisé qu'elle avait encore son numéro de téléphone dans son cellulaire.

Devant la détresse de son fils – il ne jouait pas la comédie, elle le savait –, elle a composé le numéro comme on appelle le 911. L'homme en question a répondu illico. Oui, il se souvenait d'elle.

Ils ont échangé quelques mots. Anna l'a mis au courant de la situation. L'homme au bout du fil lui a demandé si elle avait de quoi noter. Anna a attrapé papier et crayon dans son sac. Il lui a donné les coordonnées de deux personnes qui pourraient sûrement venir en aide à Arnaud. L'une pourrait intervenir pour lui trouver à se loger dans une maison sécurisée pour gens de la rue. L'autre s'occupait de groupes de soutien. Elle a tout bien noté, l'a remercié et a appelé aussitôt le premier contact. Grâce à la référence de son ami, l'intervenant lui a répondu rapidement. Il a donné rendez-vous à son fils pour le lundi suivant. Les délais étaient parfois longs, et on était à la veille de Noël, mais il essaierait de faire au mieux. Anna l'a chaudement remercié et elle a passé le cellulaire à son fils. Ce dernier a accepté la rencontre. Une bouée de secours. *Les soins intensifs*, pensait Anna.

Ce jour-là, Anna a été coincée dans la circulation pour retourner dans sa banlieue. Plus d'une heure sur le pont. Elle n'a pu retenir ses larmes tout le long du trajet qui la ramenait à sa solitude et à son désarroi.

On dit qu'il faut avoir marché un mille dans les souliers d'une personne pour comprendre ce qu'elle vit réellement.

Cette façon de faire, Anna s'y est livrée, corps et âme, jusqu'à en user le sol où ses pieds la portaient. Elle ne compte plus les heures ni les kilomètres à tenter de rejoindre son fils dans sa souffrance. Chaque fois qu'elle a pris rendez-vous avec son passé pour arriver à comprendre, chaque fois qu'elle est intervenue auprès de lui ; toutes les fois où elle a dû le porter à bout de bras, le soutenir, l'encourager ; chaque moment où elle a trouvé une solution ; sans oublier les nuits où elle n'a pas réussi à dormir, les sonneries de téléphone qui ont arrêté son cœur de battre, l'angoisse permanente de le savoir aux prises avec ses démons, en danger dans les rues.

Et puis les larmes qui n'ont cessé de couler sur ses joues, les vagues moments d'espoir dans ses yeux. Tous ces instants de la vie de son fils sur lesquels elle s'est penchée avec bienveillance, avec douceur, avec colère parfois, ont fait partie de cet interminable chemin.

Malgré tout cela, même si elle a, en quelque sorte, enfilé les souliers de son enfant, elle ne comprend toujours pas la personne qu'est son fils et ce qu'il vit réellement.

Ils avaient travaillé en binôme.

Lui, en rencontrant son fils plusieurs fois, en lui expliquant que cet appartement supervisé allait le protéger, l'éloigner des tentations de la rue, l'empêcher d'avoir trop froid, de se sentir isolé. En le mettant également au courant de ce qui serait attendu de lui dans l'éventualité que ça fonctionne.

Elle, en encourageant son fils à fournir les documents nécessaires : formulaire d'aide sociale, rapport de son médecin sur son état de santé, sur sa prise de médicaments comprenant sa méthadone, procuration pour le travailleur social.

Ça lui avait pris presque six mois pour tout réunir. Il y avait toujours une complication, une contrainte. La pièce justificative était déchirée ou elle avait été mouillée, le médecin n'avait pas signé le bon formulaire, les bureaux de l'aide sociale étaient fermés, il n'avait pas eu le temps…

— C'est vrai, lui avait souvent rétorqué Anna en colère, j'oublie que tu diriges une multinationale !

L'appartement lui avait finalement été accordé. Anna avait soupiré de soulagement. Elle avait rencontré son fils le jour de son emménagement. Elle était prête à fournir tout ce qui lui manquait. En fait, il n'avait besoin de rien puisque tout était compris dans le loyer. Celui-ci n'était pas gratuit, mais Arnaud avait suffisamment de quoi se l'offrir avec sa petite rente de victime d'acte criminel. Il avait promis de donner des nouvelles à sa mère après avoir payé son premier mois. Il avait l'air heureux. Excité même, devant ce projet de vie nouvelle. Enfin quelque chose de stable qui lui appartenait.

Elle n'avait eu aucune nouvelle durant plus d'un mois. Un long mois à se demander ce qui avait pu se passer. Elle avait appelé l'intervenant, qui lui avait confirmé qu'Arnaud avait bien réglé son loyer, avait déposé son gros sac à dos… et n'était jamais retourné au studio. Personne ne savait où il était.

Anna et lui avaient convenu de se donner des nouvelles s'ils en avaient. Mais rien. Silence radio de part et d'autre. Il avait rassuré Anna : ça arrivait presque tout le temps.

— Les gars sont habitués à dormir dehors, à l'avoir dure. Tout ce confort, c'est parfois trop douillet pour eux. Et ils ont beaucoup de difficulté à observer les règles. Quand tu te crois libre, les contraintes, tu n'en veux pas.

Il semblait à Anna que cette liberté était chèrement payée.

Elle avait tenu deux autres semaines puis avait de nouveau fait appel à l'homme bienveillant. Il n'avait pas de nouvelles lui non plus. Vraiment inquiète, Anna s'était tournée vers l'admission des hôpitaux et les urgences. L'homme avait fait signe à un confrère policier pour qu'il vérifie les postes de quartier, la prison, et finalement la morgue. Rien. Anna se faisait un sang d'encre. Ne dormait plus.

L'intervenant était prêt à aller arpenter les rues avec elle à la recherche de son fils – Arnaud avait expliqué à sa mère dans quel coin de la ville il se tenait. Puis elle avait eu l'idée de téléphoner à la pharmacie qui fournissait, au quotidien, la méthadone à son fils. On y avait vu « M. Emond » le matin même. Et les jours précédents.

Il était donc en vie.

Anna avait pu redormir. Un peu. Elle était en colère et attendait le coup de fil qui lui expliquerait ce qui s'était passé. Elle avait remué ciel et terre pour venir en aide à son fils et il ne répondait toujours pas présent. Elle avait réalisé durant cette période le nombre incalculable de ressources mises à la disposition des gens de la rue. Pour dormir à l'abri, pour manger plus sainement, pour se doucher, s'habiller. Pour remplir la paperasse, pour toucher les allocations, pour se trouver un travail, un appartement... Pour de l'aide médicale, sociale et psychologique... Encore fallait il qu'ils acceptent ce qui leur était offert.

Trois mois. Elle avait dû attendre tout ce temps pour avoir le fin mot de l'histoire. L'homme qui l'aidait avait eu raison. Son fils avait paniqué, s'était senti piégé, observé, surveillé. On avait brimé sa liberté ! Les rares fois où il était allé à l'appartement, il était en panique et dormait à même le plancher. Il n'y avait que là qu'il arrivait à trouver le sommeil.

Il avait fait amende honorable, avait semblé d'accord avec les arguments de sa mère. Pour Anna, le tableau était clair : ce studio, malgré certaines contraintes, c'était tout de même mieux que de dormir dehors à des températures en dessous de zéro, d'errer dans les rues, de quêter pour manger. Un lit, une douche, pour des gens dans le besoin comme lui, ça ne pouvait qu'aider à avoir accès à une vie normale, à être en sécurité et protégé. Même surveillé. Non ?

Il s'était résolu à payer la mensualité suivante, mais il n'avait plus jamais remis les pieds à cet endroit.

Quelqu'un d'autre devait y habiter maintenant. Pas son fils. Son sac y était toujours entreposé.

Retour à la case départ, une fois de plus.

— Anna, il faut que vous le laissiez couler. Il doit toucher le fond pour savoir s'il a envie de vivre. Il faut que ce soit lui qui trouve l'énergie de donner le coup de pied qui le fera remonter à la surface.

Anna regardait la femme douce et chaleureuse assise en face d'elle, qu'elle consultait depuis une année déjà. Cette psychologue l'aidait à trouver la force de couper le cordon qui la reliait encore à son fils.

— Redonnez-lui sa vie, ne cessait-elle de lui répéter. Ce n'est pas la vôtre, c'est la sienne. Il doit en faire ce qu'il veut et vous ne pouvez rien y changer.

— Mais s'il n'arrive pas à remonter à la surface ? a demandé Anna d'une voix ténue.

La thérapeute n'a pas répondu. Elle attendait que la question de sa patiente fasse son chemin en elle.

Et pendant ce temps, Anna se voyait ligotée à un arbre en face d'un étang profond, pieds et poings liés, la bouche entravée d'un scellant. Elle n'avait l'usage que de ses yeux, horrifiés par la scène à laquelle elle était obligée d'assister.

Devant elle, son fils, la tête à la surface de l'eau, luttait comme il pouvait. Il coulait par intermittence, avalait la tasse, s'enfonçait doucement, reprenait courage, pour finalement se laisser engloutir définitivement par les eaux sombres.

Anna ne pouvait rien faire. Il ne lui restait qu'à attendre, spectatrice impuissante, que son fils émerge à nouveau à la surface. Ou qu'il renonce.

Quelle mère serait capable de ne pas intervenir? De ne pas réagir? Après tout, il n'y avait pas que lui d'impliqué dans cette triste histoire. Comment rester indifférent? Comment ne pas tout tenter?

Les nuits où la noirceur la tenait enfermée de façon trop intense dans ses bras, Anna refaisait ce cauchemar à répétition. Elle se débattait encore avec cette mort annoncée.

Elle s'était lancée.

— Arnaud, jusqu'à maintenant, c'est moi qui ai fait les recherches, trouvé les contacts et mis en place toutes sortes de moyens pour te venir en aide. La cure de désintoxication, le garde-meubles en attendant ta sortie, l'appartement supervisé… Toutes ces tentatives, c'étaient des solutions que je croyais idéales pour toi. Puisque tu as tout saboté, à partir de maintenant, je ne tente plus rien. Tu devras trouver toi-même ce qui est bon pour toi. Je ne m'en mêle plus.

Le fils d'Anna n'avait rien répliqué à cette tirade et, pour une fois, il l'avait écoutée jusqu'au bout.

Pour le secouer davantage, elle avait cité cette réflexion d'Isabelle Frémeaux, auteure des *Sentiers de l'utopie,* qui l'avait particulièrement troublée :

«Prends garde au présent que tu crées car il doit ressembler au futur dont tu rêves.»

Contrairement à toutes ses tentatives qui avaient avorté, cette fois, son fils semblait avoir compris ce que sa mère tentait de lui dire depuis un long moment. Est-ce qu'il était prêt à remettre sa vie sur les rails ? L'avenir le dirait...

C'est curieux, avait pensé Anna. *Pour aimer quelqu'un, parfois, il vaut mieux devenir un étranger.*

Elle lui avait donné, pour son anniversaire, son vieux cellulaire. Tant qu'à le laisser dormir dans un tiroir, il pourrait lui être utile. Ne serait-ce que pour lui faire signe, de temps en temps. Le fils d'Anna se plaignait que la plupart des cabines publiques du centre-ville avaient été vandalisées et que leurs téléphones étaient hors service.

Il s'en servait à l'occasion pour se plaindre de tout, pour lui faire part d'une hospitalisation ou pour lui chanter son refrain habituel : « Ne t'inquiète pas, je me débrouille. »

Un jour qu'Anna était penchée sur sa machine à coudre, elle n'a pas réalisé tout de suite qu'elle avait un message. Elle avait mis son cellulaire en mode silencieux par inadvertance. Pourtant, elle l'avait toujours avec elle, et elle veillait à ce que la batterie soit toujours chargée. Au cas où.

Pour la première fois, c'est la voix d'un jeune adulte qu'Anna a entendue sur sa boîte vocale. L'ado en détresse ou prêt à exploser n'était pas présent ce jour-là. Arnaud lui demandait pardon, à répétition.

Le jour de son anniversaire, disait-il, il avait passé plus de deux heures chez la psy. Étant dans un programme de méthadone, il avait droit aux services d'un spécialiste. Il ne les avait jamais utilisés jusque-là.

Arnaud demandait pardon à sa mère. Il disait avoir compris tout le mal qu'il lui faisait. Il saisissait sa souffrance puisqu'il réalisait que ça faisait plus de vingt ans qu'elle le portait à bout de bras, qu'il lui en faisait voir de toutes les couleurs. Il la suppliait de l'excuser, lui demandait à nouveau pardon, faisait amende honorable. Il voulait absolument lui parler de vive voix.

Anna a répondu à son nouvel appel quelques jours plus tard. Elle avait besoin de digérer cet aveu, de prendre du recul. Elle a fait part de l'acte de contrition de son fils à une amie, qui se réjouissait de cette avancée. Pas Anna. Les sauts d'ascenseur, les brusques changements de température, les montagnes russes, elle connaissait.

Une fois qu'elle l'a eu au bout du fil, Anna a écouté son fils réitérer ses excuses, la supplier une fois de plus de lui accorder son absolution. Elle a été émue par ces propos inhabituels.

Avant de crier victoire, elle a décidé d'attendre, le temps de voir si cette nouvelle attitude tiendrait la route. Si ces bons sentiments à son égard se maintiendraient. Ça n'a pas tenu longtemps.

Mais comme l'a si bien dit Leonard Cohen : « *There is a crack in everything. That's how the light gets in.* »

Anna avait assisté à une timide éclaircie dans le ciel, un lever de soleil fragile. Elle n'attendait plus d'être éblouie par un astre ardent qui empêche les yeux de rester ouverts, mais plutôt d'être éclaboussée à nouveau par cette lumière chaude longtemps attendue après un hiver difficile, celle qui réchauffe les os usés, qui fait relâcher enfin les épaules, qui donne l'envie d'exposer sa peau aux rayons lumineux et de tendre le visage vers cette promesse de printemps qui fait croire que la belle saison est définitivement de retour.

Arnaud avait une dizaine d'années. Il visitait souvent un petit copain qui demeurait dans un quartier où des membres de la communauté hassidique logeaient également. Une journée que les garçons s'amusaient à l'extérieur, elle avait surpris son fils avec une énorme paire de ciseaux à la main. Lorsqu'elle lui avait demandé, inquiète, à quoi son ami et lui pouvaient bien jouer avec cet objet dangereux, il avait simplement répondu qu'ils allaient couper les boudins des enfants juifs.

Anna avait été horrifiée.

— Mais on ne peut pas faire ça! Pourquoi tu ferais ça?

Arnaud avait été surpris de l'indignation de sa mère. Il lui avait répliqué, en colère – puisqu'elle ne comprenait rien, une fois de plus –, que si leurs mères les aimaient vraiment, ces enfants-là, elles ne les laisseraient pas aux prises avec ces boudins ridicules qui attiraient toutes les railleries.

La mère et le fils avaient eu une longue conversation sur les différences, ce soir-là.

Aujourd'hui, est-ce qu'Arnaud rencontrera sur sa route quelqu'un – peut-être un gamin intrépide comme il l'était ou un adulte qui s'est refusé à grandir – avec de grands ciseaux, qui lui enlèvera sa différence ? Qui taillera ce malheur qui lui colle à la peau et qu'il transporte avec lui depuis toutes ces années ?

Même si elle sait manier cet outil avec talent, Anna, elle, n'y est pas arrivée.

Ce jour-là, leur rencontre a été difficile. Il était en retard et il était en colère. La température glaciale de la nuit précédente l'avait obligé à dormir dans un refuge pour sans-abri. Au matin, il s'était fait voler son sac à dos. Presque tout ce qu'il possédait.

Anna n'a pu retenir son découragement.

— Encore ! C'est quoi, la troisième ou la quatrième fois ?

— Ouin ! Tout ce que tu m'as offert pour Noël a disparu. J'ai pu rien.

— Comment c'est possible ? Tu ne peux pas attacher ton sac à ton poignet quand tu dors ? Comme ça, tu…

— C'est le règlement. On doit laisser nos paquets, nos sacs à dos dans une salle. On ne peut pas les prendre avec nous au dortoir. Ils nous donnent un billet pour les identifier, mais le matin, quand ils nous mettent dehors, ils manquent de personnel pour faire les vérifications. On peut ressortir avec n'importe quel sac.

Le doute s'installait dans l'esprit d'Anna. Et si c'était un autre mensonge?

Pour connaître le fin mot de l'histoire, elle observait son fils. Il semblait encombré avec le peu qu'il possédait encore et qu'il conservait dans ses mains. Son téléphone dans l'une, son paquet de cigarettes, son briquet et ses gants de laine qu'il n'avait pas pris la peine d'enfiler dans l'autre, il tentait tout de même d'ouvrir une porte qui les mènerait dans le froid glacial.

À cet instant, il ressemblait à un petit enfant qui écarte les doigts alors que sa mère essaie, tant bien que mal, de lui enfiler des gants. La mère d'Anna employait l'expression «des mains pleines de pouces» pour désigner ces personnes incapables de se servir intelligemment de leurs deux mains.

C'était plus fort qu'Anna. Même si elle s'était juré de ne plus intervenir sur la façon dont son fils se comportait, à cet instant, elle avait perdu toute patience. Elle s'est adressée à lui comme s'il avait encore l'âge des réprimandes.

— Est-ce que tu vas te servir de ton téléphone dans les minutes qui suivent? Non? Bon. Est-ce que tu vas fumer, là, maintenant? Pas plus.

Elle l'a obligé à ranger son cellulaire dans une poche, ses cigarettes dans une autre, et lui a ordonné d'enfiler ses gants. La semaine précédente, il avait failli perdre un doigt à cause d'engelures graves. Il avait été question d'amputation. Heureusement, il n'avait finalement perdu que son ongle.

Le dîner qu'ils avaient projeté d'avoir ensemble n'aurait pas lieu. Juste avant de rejoindre sa mère, Arnaud avait engouffré deux hamburgers. Il n'avait pas pris de petit-déjeuner à la mission tant il était en colère à cause de la perte de son sac, et il avait eu trop faim.

Elle regardait à nouveau son fils. Le découragement s'emparait d'elle. Sur quelle planète vivait-il ? Dans quelle galaxie ? De quoi était-elle composée ? De toute évidence, elle n'était pas viable. Anna n'en connaissait pas les codes. Il n'était peut-être pas une soucoupe, comme il avait l'habitude de nommer certains sans-abri, mais il avait tout d'un ovni. Il était à la fois là et absent. Empêtré dans diverses considérations inutiles pour le commun des mortels. Planant dans son brouillard.

Son fils n'avait pas besoin d'être coupable de quoi que ce soit pour créer sa propre prison. Il revêtait lui-même sa camisole de force. Il cherchait l'équilibre sur un fil de fer au-dessus de l'abîme, alors qu'il avait de la difficulté à mettre un pied devant l'autre. Comment pouvait-il se piétiner l'âme de la sorte ?

Dans une ultime tentative, elle lui a expliqué que, tant qu'il vivrait dans la rue, en plus de l'isolement, du jugement des autres, du mépris, il y aurait toujours ces dommages collatéraux. Blessures qui n'arrivent pas à guérir, maladies graves, souffrances continuelles, vols fréquents, solitude, violence au quotidien. Où trouvait-il la force de supporter ces conditions de vie? Pourquoi s'infliger tout ça? Arnaud l'a fixée. Il n'avait pas de réponses à ses questions. Pas pour le moment en tout cas.

Comme il n'était plus prévu de partager un repas, ils s'éloignaient de la voiture, marchaient un peu sur le trottoir, revenaient à leur lieu de départ. Des allers-retours dans lesquels le silence envahissait l'espace.

Et puis un homme qui affichait les mêmes signes de précarité qu'Arnaud s'est approché d'eux. Celui-ci s'est empressé de lui présenter fièrement sa mère.

— Voici ma maman. Lui, c'est Steve.

L'homme a tendu la main. Anna l'a serrée. Ils n'avaient pas grand-chose à se dire. L'homme s'est éloigné. Mais avant de partir, il lui a dit à quel point son fils était formidable.

Le manège s'est répété plusieurs fois au cours de la demi-heure qu'ils ont passée ensemble. Un jeune homme au regard embué, une femme en fauteuil roulant – il lui manquait une jambe –, une Amérindienne aux yeux très doux et au sourire timide, un vieux monsieur courbé par le poids des années, une femme à la poignée de main déterminée, malgré son âge avancé. Tous ces gens semblaient ravis de rencontrer Anna. Ils n'avaient que de bons mots à l'égard d'Arnaud. *Si gentil, si généreux, si agréable. Le meilleur!* Lorsqu'elle a quitté son fils, ce jour-là, Anna avait compris une chose. Comme un roi grenouille, avec son bonnet-couronne enfoncé de guingois sur sa tête, son sourire édenté, son amabilité à portée de main, sa bonne éducation dans la poche arrière de son jeans, il était content, presque fier, de régner sur ses sujets, *beaux et laids*, qui habitaient le même marécage que lui, même si, à l'entendre, il n'en faisait pas vraiment partie. Déling, la grenouille trouvée et chérie dans l'enfance, était de retour.

À partir de quand baisse-t-on définitivement les bras? À partir de quel indice sait-on que le combat est perdu d'avance? Quand est-ce qu'on se résout à abdiquer irrémédiablement? Anna, malgré la meilleure volonté du monde, est incapable de répondre à ces questions et de calmer son sentiment d'impuissance. Ce n'est pas dans sa nature de laisser tomber les choses. Elle a toujours une solution à portée de main. Et si, dans le cas présent, il n'y en avait aucune? Elle se sait responsable, du moins en partie, et elle cherche encore et toujours le moyen de sauver son fils.

«On ne peut sauver que soi-même», lui répète inlassablement la psychologue.

Anna n'est pas prête à l'entendre, à l'accepter. Pas encore.

Il faudra bien se résoudre à cette réalité. Elle a cette douleur imprimée sur le cœur. Arnaud a mis un embargo sur la vie d'Anna, tout son être l'abandonne avec la misère et la souffrance chevillées au corps. Il l'entraîne inexorablement dans son mal de vivre incurable.

Mais elle, il faut qu'elle trouve le souffle, la force de s'extirper de cette descente aux enfers. Elle doit se confectionner une autre existence, rajuster de grands pans de son histoire, couper dans la trame qui l'unit à son fils; repriser les morceaux déchirés, jeter les autres à la poubelle. Elle ne sait pas encore comment fabriquer cette nouvelle vie, il n'y a pas de patron pour la guider. Comment peut-elle remettre les compteurs à zéro et passer à autre chose avec tous ces hiers en elle?

Depuis quelques années, elle a l'impression d'errer dans un cimetière, sans corps à déposer en terre.

Chaque fois qu'Anna a approché son fils, ces dernières années, elle a d'abord cherché ses yeux. Ils étaient toujours fuyants. Lorsque Arnaud s'engouffrait dans sa voiture ou qu'il s'asseyait en face d'elle dans un café, la première chose qui parvenait à Anna, c'était l'odeur très forte de tabac dont tous ses vêtements étaient imprégnés. Ça lui sautait à la gorge. Puis, insidieusement, un parfum âcre de moisissure émanait de ses habits défraîchis, rarement lavés. Anna ne pouvait s'empêcher de regarder ses mains, dont toute finesse avait disparu, et puis venait ensuite la vision de la saleté sous les ongles, dans les plis des jointures.

Parfois il les enlevait de sa vue, les glissant sous la table ou les mettant dans ses poches, en expliquant qu'il les avait pourtant lavées avant de venir mais qu'il avait beau frotter, la crasse ne partait pas.

Elle prenait sa main quand même. Elle tentait d'attirer son attention, de croiser ses yeux. Qui, eux, s'accrochaient à tout ce qui l'entourait. Mais pas à elle.

Il y avait seulement ce sourire édenté, trop prononcé, pour la rassurer. Des dents jaunies, rarement nettoyées, dont les canines avaient disparu. Les chutes et les drogues dures font ça. La méthadone aussi.

Craignait-il qu'elle lise, dans ses pupilles, sa vérité ? Les peurs qu'il tentait de lui cacher ? Ses angoisses ? Ses mensonges ?

Parfois, d'un coup d'œil rapide, il s'approchait des yeux de sa mère, mais furtivement, trop brièvement pour laisser paraître quoi que ce soit.

Ce qu'elle réussissait tout de même à capter dans ce regard, encore doux malgré les marques du temps qui s'immisçaient tout autour des yeux, était d'une telle noirceur... Les étoiles qui y brillaient autrefois semblaient éteintes à jamais. L'ambition, les envies, le désir d'être en vie, les rêves les plus fous jouaient les Belle au bois dormant, peut-être à jamais. Dans ses yeux noisette jadis rieurs, il n'y avait plus aucune trace de cette légère provocation adolescente qui ne le faisait jamais douter de rien, qui le rendait fort. Anna partait à la pêche pour y déceler une lueur, mais ne trouvait que le vide. Le néant.

Où était la petite crevette qui s'était accrochée de toutes ses forces durant neuf mois, qui s'était battue pour survivre ? Où logeait maintenant ce gamin aux éclats de rire permanents ? L'enfant curieux, avide de connaissances, gourmand, ouvert à l'aventure ? Qu'était devenu l'adolescent aux multiples talents, dont l'avenir était si prometteur ? Le jeune adulte qui prenait des risques, certes, mais supposément calculés ? Celui qui vivait dangereusement ? Le beau garçon brillant, tendre qui avait envie d'aimer ? L'artiste qui souhaitait créer, inventer la beauté pour la partager ? Le chevalier qui désirait s'occuper des moins bien nantis que lui ?

Elle ne rencontrait dans ce regard qu'un jeune garçon qui a oublié de grandir, de se tenir debout. Effrayé par la vie.

Celui qui est devant elle est tombé, et il est incapable de se relever. Il reste là, inerte, anéanti.

C'est un enfant-escargot qui transporte sa vie sur son dos.

C'est un enfant-vieillard qui traverse sa nuit.

U n jour qu'elle attendait dans le cabinet du dentiste, Anna feuilletait une revue. Elle est tombée sur un article littéraire. On demandait à des auteurs de quelle façon ils arrivaient à conclure leur histoire. L'un d'entre eux disait : « Les deux moments qui semblent appartenir à l'écrivain sont le début et la fin. Au milieu, on ne maîtrise rien. » Anna a trouvé que cet auteur avait drôlement raison.

Le journaliste poursuivait en disant que « certains romanciers écrivent la fin du livre avant même de commencer pour se faire croire qu'ils savent où ils vont ». Il s'interrogeait : « Quelle est la finale la plus utilisée ? Préfère-t-on la réconciliation ou la séparation ? Le baiser qui unit ou la mort qui sépare ? »

La réponse de Dany Laferrière a troublé Anna. « Une fin toute simple, sans tragédie ni rebondissements, est souvent préférable. Un personnage s'enfonce dans la foule. » Anna voit son fils-vieillard s'éloigner. Il ne porte pas de grand manteau en cachemire ni de chapeau, ni même de gants en cuir comme ces silhouettes élégantes qu'on voit dans les films. Il n'a en rien l'allure d'un Richard Gere ou d'un Gary Cooper. Il ne dégage aucun mystère, aucun halo de lumière ne l'entoure. Il n'a qu'une tuque solidement enfoncée sur la tête et un énorme sac à dos accroché à ses épaules courbées. L'enfant-vieillard se promène dans sa vie tel un escargot transportant son univers.

REMERCIEMENTS

D'abord, merci à Hélène J. de m'avoir tenu la main tout au long de cette démarche. Sans elle, je n'y serais pas arrivée.

Merci à Marie-Eve Gélinas, mon éditrice, qui a su me guider avec sensibilité et talent entre les pages de cette délicate histoire.

Merci à l'équipe Librex de m'avoir accompagnée de si belle façon dans cette nouvelle aventure.

Toute mon affection et ma tendresse pour mon groupe de lecteurs inspirants qui ont pris le temps de lire, de commenter, de suggérer: ma fidèle Maryse Esquerre, David Goudreault, Michèle Fitzgibbond, Marie-France Corbeil, Maddia et Jean-Yves Esquerre.

Un énorme merci à mon ami Pierre Tessier d'avoir été là quand j'en ai eu besoin.

Merci, Jean-Marie Lapointe et André Leroux, de faire partie de ma vie.

Restez à l'affût des titres à paraître chez
Libre Expression en suivant Groupe Librex :
facebook.com/groupelibrex
edlibreexpression.com

Cet ouvrage a été composé en ITC New Baskerville 11,85/16
et achevé d'imprimer en octobre 2019 sur les presses
de Marquis imprimeur, Québec, Canada.

Imprimé sur du papier 100% postconsommation,
fabriqué avec un procédé sans chlore et à partir d'énergie biogaz.